米沢時代の吉本隆明

斎藤清一　編著

梟《ふくろう》社

米沢時代の吉本隆明・目次

はじめに

吉本隆明との出会い、それはもうすでに四十年も前のことになるのですが、一つの絵画を思い出します。ドラクロアの『民衆を導く自由の女神』です。

私の高校三年の時期は、まさに「政治の季節」でした。私にとっては政治への目覚めでした。例の「六〇年安保」（昭和三十五年）です。私は全学連を中心とした大学生の行動に、とても新鮮な印象を受けたものでした。当時、学校で習っていた世界史のフランス「七月革命」、それを描いたドラクロアの絵が、国会議事堂を取り巻く学生、労働者の姿とダブって見えてくるのでした。そんななかで、吉本隆明という存在を、初めて知ったのです。

東北の小都市・米沢に住んでいることで、首都東京の出来事は、直接的に理解できないせいもあって、ラジオや新聞が伝えてくる報道から、吉本がその指導的役割を果たしているとばかり思い込んでいたのでした。あの絵のなかの「自由の女神」のわきにいて、シルクハットをかぶっている青年（？）の姿に、吉本を模していたのでした。先年、東京でこの絵の実物を鑑賞したときは、またその昔の感動を思い出したものです。私の吉本との出会いは、このようにきわめて感覚的で、いわば「劇画」のなかの一シーンとでも言うべきものでした。

高校を卒業し、仙台で学生生活を送るようになってから、書店で、すでに忘れかけていた懐かしい吉本隆明という著者名のある本に出会い、すぐ手に取ってみました。本の名は『異端と正系』（昭和三十五年）で、しばらくしてから、この本以前にすでに出版されていた『抒情の論理』（昭和三十四年）や『芸術的抵抗と挫折』（同前）も入手したのでした。

私の吉本観に変化が生じてきました。それまで政治活動家とばかり思ってきたのに、むしろ文芸の評論家、文学者という感じだったのには、びっくりしました。また詩人であるということもわかってきました。

しかし、時代の雰囲気、思潮もあったのでしょう、寮生活を体験するなかで、学生運動のリーダーをしている先輩から吹き込まれ、私の場合、「文芸論」よりもむしろ社会の通念や権力に抵抗する「政治論」の吉本にひかれていきました。

幼稚ともいえる吉本認識を抱いた私に、忘れることのできない、決定的な刻印を与える機会が訪れました。昭和三十八年十二月十四日、その日は初冬の肌寒い午後でしたが、吉本隆明が東北大学に来て、講演をしたのです。講演の冒頭で吉本は、「私は米沢高等工業学校（現山形大学工学部）に在学し、学生時代の生活を米沢で送った」と語ったのでした。自分も東北には関わりがあるのだよ、というつもりで話しかけてくれたのだと思いますが、私はびっくりしてしまいました。青天の霹靂。なにせ米沢は私の育ったところでしたから。講演の内容は、「言語にとって美とはなにか」（当時、『試行』に連載中）をコンパクトにまとめたものでした。講話は決して聞きやすく話上手という印象ではありませんでしたが、ていねいな話しぶりだったという記憶が残っております。

この講演の依頼に、吉本宅を訪ねたのは、先に触れた先輩でしたが、彼から、吉本からもらってきたという同人誌『試行』を見せられました。六号か七号だったと思います。私もさっそくバックナンバーを注文したのですが、創刊号はすでに売り切れており、手に入ったのは二号以降でした。いらい私は直接購読者となり、『試行』には終刊号（七十四号、平成九年）までつきあうことになりました。

このころの私は、吉本の諸論を文学的にというよりも政治的に読んでいましたので、昭和三十七年に刊行された『擬制の終焉』を、それこそバイブルのように読みふけったものでした。したがって、『試行』においても、「性的興奮」（昭和三十九年に出版された『模写と鏡』の帯に三島由紀夫が書いた推薦文）にも似た魅力を感じ取ったのは、「言語にとって美とはなにか」よりも「情況への発言」であり、吉本が書く言語表現の本質にかかわる根源的な文学思想の問題よりも、むしろ同人の谷川雁の作品のほうに引き寄せられていたのでした。華麗なレトリックを駆使した、ある種アジテートの文体に魅せられていたのだと思います。

結局のところ、日本史を専攻していたこともあって、社会や歴史の実証的な問題に関心を寄せていた私は、ほとんど感覚的な吉本理解から抜け出せないまま、大学を卒業してしまいました。吉本が青春の時代をおくったわがふるさとの米沢での時代とは、彼にとってどんなものであったのか、そのことにどこかで漠然とひっかかりながら、社会に出ることになった私は教職を得て米沢にもどりました。

こんな漠とした思いを抱いて帰郷した私に対して、いくらかでも着実な、地に足をつけた方向へと導いてくれたのは、吉本をめぐる人びととの出会いでした。同じ職場に吉本を直接知る人が数人おりました。また地域にも吉本と同級であった人も少なからず住んでおりました。山形大学工学部（米沢）でも、吉本を知る人たちに会いました。おかげで、吉本の処女詩集ともいうべき『草莽』（昭和十九年刊）も手にすることができたのです。

――寮で、朝起きてみると、枕元にメモが置いてある。吉本からだった。「昨夜オレはあんな風にいったが、オレの本当の気持ちは実はこうだったんだ」と。吉本はそんな人柄のやつだった。――

こんなエピソードをいくつとなく聞いたものでした。これらの人びととの出会いは、郷里米沢にひっこんだ私に吉本への関心を持続させてくれました。同時に、自分がこうして日々をおくっている米沢の時間をさかのぼると、ここで生活をしていた若き日の吉本の姿があるのだという、不思議に満たされた思いにもそれはつながるのでした。

『試行』が吉本の単独編集となるころ、吉本は、「心的現象論」の連載（十五号、昭和四十年より）を始めました。しかし私は、『試行』の購読だけは相変わらず続けてはいるものの、「言語にとって美とはなにか」に続く、吉本のこの心的現象に関する原理的な考察を充分には理解できず、また一方で共同幻想論、南島論、母型論、そしてマスイメージ論、ハイイメージ論へ、さらには歴史哲学論ともいうべきアフリカ的段階の問題などをつぎつぎに構想・構築していく吉本隆明の歩みを、文字どおり遠望しているだけの、怠惰な一読者にすぎなかったのです。しかしそれでも、そんな吉本が、住み慣れた東京の下町を初めて離れ、わずか二年半とはいえ、多感な青年時代を、ここ米沢という地で、どのように過ごしたのか、そして米沢での日々が、彼のその後の歩みに、何を用意していったのかを調べ、考え、まとめてみたい、といつしか思うようになりました。この同じ米沢の町を吉本がどのように歩き、その空気を吸い、人と交わり、暮らしたのかを知ることは、同じく、この地に生きる自分を、なにがしか支える力になってくれるのではないか、と。

吉本の思想が、生活者としての私を引きつけてやまなかったのは、たとえば彼の次のような発言でした。このような思想の形成過程において、米沢時代での生活体験は、どのように関わっていたのだろうか、と。

「もしも、わたしが表現者として振舞う時があったら、わたしは、わたしの知らない読者のために、じぶんの考えをはっきり述べながら行こうと、そのとき、ひそかに思いきめた。たとえ、情況は困難であり、発言することは、おっくうであり、孤立を誘い、誤るかもしれなくとも、わたしの知らないわたしの読者や、わたしなどに関心をもつこともない生活者のために、わたしの考えを素直に云いながら行こうと決心した。それは、戦争がわたしに教えた教訓のひとつだった」（吉本隆明「沈黙を越えて」『語りの海』）

太平洋戦争が開始され、戦局がいよいよきびしいものになっていく昭和十七年から十九年にかけて、米沢の地で暮らしつつ、吉本は戦争と自分とのかかわりについて考えつづけながら、一方で一人の読者たる自身のところにまでとどいてくる文学者や思想家の言葉を必死に求めていたにちがいありません。その体験なくして、この決意も、その後の吉本もありえない。そんな吉本が苦悩し、苦闘していたこの米沢での姿を少しでもはっきりつかんでみたいと思いはじめました。

そんなおりもおり、昭和四十六年二月、吉本の同級生で、当時山形大学工学部教授の大沢俊行氏が亡くなったことを知らされました。大沢教授からは、よく吉本のことを聞いてはいたのですが、メモをとるなど、キチンとした聞き方ではありませんでしたから、大いに悔やまれました。もっとたくさん吉本について聞いておけばよかった。当時のことを調べる手がかりを教えてもらっておけばよかった、と。このことがきっかけとなり、私は吉本の米沢時代を、早く調べなければ、と思うようになりました。

その後、吉本の指導教官であった佐藤誠教授は、昭和五十四年三月、定年により山形大学工学部を退官し、郷里の茨城県に帰ってしまい、また、学生たちのマドンナ的な存在であったという事務官の山沢ミの氏も大学を去りましたので、ボヤボヤしていると、資料の蒐集もインタビュー取材も不可能になってしまいます。しかし、情けないことに、思いだけはあっても、なかなか実行に移すことができません。日々の生活に流され、雑務に追われて、とうとう五十代に突入してしまいました。あろうことか、持病の胃かいよう、十二指腸かいようで何度も入退院をくりかえす始末、しかしついに私の決意は、そんな病床生活のなかで揺るがぬものになりました。

私は米沢工業専門学校卒業五十年記念誌『るつぼ』（昭和十九年卒業・るつぼ会、平成六年刊）に掲載されている住所録を手がかりに、ほぼ全員の人に宛てて手紙を出し、吉本について、どんな些細なことでもいいから、教示して欲しい旨依頼しました。

石巻在住の内海信雄氏（旧姓工藤）からは、「ザワ衆（米沢人のこと）の誰かが、こういう仕事をやるだろうと思っていた」という趣旨の励ましの手紙をいただきました。また吉本の無二の親友であった郷右近厚氏からも、積極的な協力がいただけることになり、ここに、「米沢時代の吉本隆明」調べは、本格的に踏み出すことになったのです。

平成八年八月三日、偶然、NHKテレビを観ていたとき、「吉本隆明氏、伊豆の海水浴場で溺れ、意識不明の重態」というテロップが、画面に映し出されました。「ああっ」という思いが、衝撃のように私のなかを走りました。調べは少しずつだが進んでいる。しかし、吉本の身に万が一のことがあったら、確かめたいこともできなくなる。遠い読者の一人として吉本の身を案じる思いと同時に、自分の仕事も急がなければとどこかで思いました。

この事件に後押しされる形で、郷右近氏のお口添えをいただいて、吉本さんへのインタビューが、ついに実現することになりました。あらかじめ、吉本の伝記的研究の第一人者である川上春雄氏（当時、福島県郡山市在住。平成十三年九月九日没）にお会いして、いろいろアドバイスをいただきました。

平成十一年二月二十日、本駒込の吉本宅で、まえもってお伝えしておいた質問事項に基づいて、第一回目のインタビューを実施しました。その日は奇しくも私の五十六歳の誕生日と重なっておりました。その後、インタビューを重ねること四回。それをもとに、数少ない部数でしたが、その都度、小冊子『資料・米沢時代の吉本隆明について』を作りました。

冊子は今日まで七冊出しておりますが、このインタビュー記事のほか、寄せていただいた学友の回想文も、貴重な資料として掲載しております。そしてこれらの冊子を基礎資料にして吉本の米沢時代の日々をできるだけ克明にたどってみる、私自身の執筆の作業がはじまりました。七度目の十二指腸かいようによる入院で、あらためて自分にむきあう時間をもつことになった平成十三年初夏のことです。

それから二年半、ほとんどものを書いたことのなかった私にとって、吉本の米沢での二年半を評伝的に、あたうかぎり事実に即して年譜的にたどるという執筆の仕事は、容易なものではありませんでした。この間、幾度も筆をあらためつつ、今、ひとまず筆をおくところにこぎつけた結果が、この年譜ふうの評伝、『米沢時代の吉本隆明』です。

すでに小冊子のかたちでまとめた『資料・米沢時代の吉本隆明について』に掲載された吉本氏へのインタビュー、そして、同資料集に寄稿してくださった学友の方々の原稿は評伝年譜を補強する証言のかたちで収載させていただくことにしました。また、当時の吉本隆明や米沢高工の学生生活を視覚的に浮かびあがらせることができるように、学友の方々からお借りした写真や前掲の『るつぼ』に掲載された写真などの資料も、併せて収載させていただくことにしました。

こうして、ひとまずまとめあげたのが本書なのですが、読みかえしてみると、調査の不十分なところや、当時の吉本隆明の内的世界に分け入っていくための私自身の筆力の貧しさはおおうべくもありません。しかし、戦後の文学と思想や、社会のかたすみに生きる無名の人びとにも大きな影響力を与えつづけてきた吉本隆明という人物に、米沢という地名を冠してその事跡をたどったこの書が、私にとって、私自身を支えるために必要であったように、吉本思想を注視し続けている人びとの胸に、なにがしかのものを投げかけることができれば、これにすぎる喜びはありません。

そして、この場所から出発していった吉本のその後の文学的、思想的な歩みを、私もまたあらためて新たな気持ちでたどりかえしたいと思っています。

米沢時代の吉本隆明

――昭和十七年～十九年

米沢遊学以前

吉本隆明は大正十三年（一九二四）十一月二十五日、造船所そして貸ボート屋を営んでいた父順太郎（明治二十五年九月十八日生、三十二歳）と母エミ（明治二十五年十二月一日生、三十一歳）の三男、第四子として東京市京橋区月島東仲通四丁目一番地（現・中央区月島四丁目三番地）で生まれた。当時の家族は祖父権次、祖母マサと両親、長兄勇、次兄権平、姉政枝であったが、のちに弟冨士雄（昭和三年四月十三日生）、そして妹紀子（昭和六年二月十一日生）が生まれ、六人きょうだいとなった。なお、きょうだいで今日健在なのは隆明本人と妹紀子（現姓・高橋、神奈川県在住）の二人である。

二歳のとき京橋区新佃島西町一丁目二十六番地（現・中央区佃二丁目八—六）に転居、昭和六年（一九三一）四月、佃島尋常小学校に入学している。

昭和九年、小学校四年のとき、深川門前仲町（現・江東区門前仲町二丁目二—一）にあった今氏乙治の塾に、次兄権平に次いで通いはじめる。

昭和十二年三月、佃島尋常小学校を卒業し、同年四月、東京府立化学工業学校応用化学科に入学。

化工入学後も今氏塾通いは、四年まで続いた。この私塾での数年間は、吉本の「黄金時代」であったといってよい。ファーブルの『昆虫記』に夢中になり、英訳本ドイツ詩集のクルト・ハイネッケを読み、詩を書くことを知り、今氏先生の蔵書の『現代日本文学全集』もかたっぱしから読んだ。化工時代には、同期の川端要壽ら四十一名で同校和楽路会文芸部編『和楽路』を編集発行し、「随想」、「相対性原理漫談」、小説「孔丘と老聃」、詩「『哲』の歌」「くものいと」「うら盆」「冬」などを発表している。

米沢へ出立する前年の昭和十六年、府立化学工業学校最終学年二学期の十一月頃、葛飾区上千葉四一八番地（現・葛飾区お花茶屋二―一五―三）に転居した。

同年十二月、府立化学工業学校を繰り上げ卒業した。

昭和十七年（一九四二）

遊学の地米沢

十七歳の吉本隆明が、米沢高等工業学校に入学するため東北の地、奥羽本線の米沢駅に降り立ったのは、昭和十七年春まだ浅い四月初頭の午後三時を過ぎた頃であった。

春とはいえ、汽車が福島を過ぎ、板谷峠にさしかかるころ、車窓から見る景色はまだ雪化粧を残しており、まずそのことに吉本は驚いたが、そのうえ、米沢駅に着いてみると、鉛色の空からは、冷たいみぞれまじりの雨が降っていた。東京の四月とくらべ、まことに異質な風景に出会うことになった吉本は、そのときの率直な心境を、「この暗いさびれた街で、三年暮すのかとかんがえて、おもわずそのまま帰ろうかとおもつたというのがそのときの本音である」（「過去についての自註」）と吐露している。

米沢市は山形県南東部の米沢盆地南端に位置し、山形県を縦断する最上川の上流松川流域に開けた扇状地で、東を羽黒川、西を鬼面川が北流し、市街地東北部で合流している。南には吾妻連峰（最高峰部二〇二四メートル）が牛の背のような姿で横たわり、東に奥羽山脈、北に出羽丘陵の南端がのびてきて、南に高く北に低い傾斜地となっている。西方には飯豊《いいで》朝日連峰が遠望できる。吾妻連峰の山麓には小野川、白布《しらぶ》、五色などの「吾妻十湯」と呼ばれる温泉が散在しており、夏は高温多湿、冬は積雪が多く、市街地でも百五十センチメートルに及ぶことが少なくない。

この地には縄文、弥生期の住居跡や平安期の豪族跡などがあり、鎌倉期には長井氏が築城、伊達氏の支配などを経て、江戸期には上杉氏の城下町となる。日本で初めて市制が施行された明治二十二年（一八八九）には、全国三十九都市とともに市制がしかれ、吉本が遊学する前年の昭和十六年（一九四二）の記録では、人口は三万八八〇三人をかぞえていた（昭和二十八年から三年間にわたる近隣十カ村の併合で、平成十四年の人口は九万二八七五人になっている）。当時の市の基幹産業は、上杉鷹山の殖産政策以来の米沢織であり、また伝統工芸として笹野一刀彫などが有名であった。

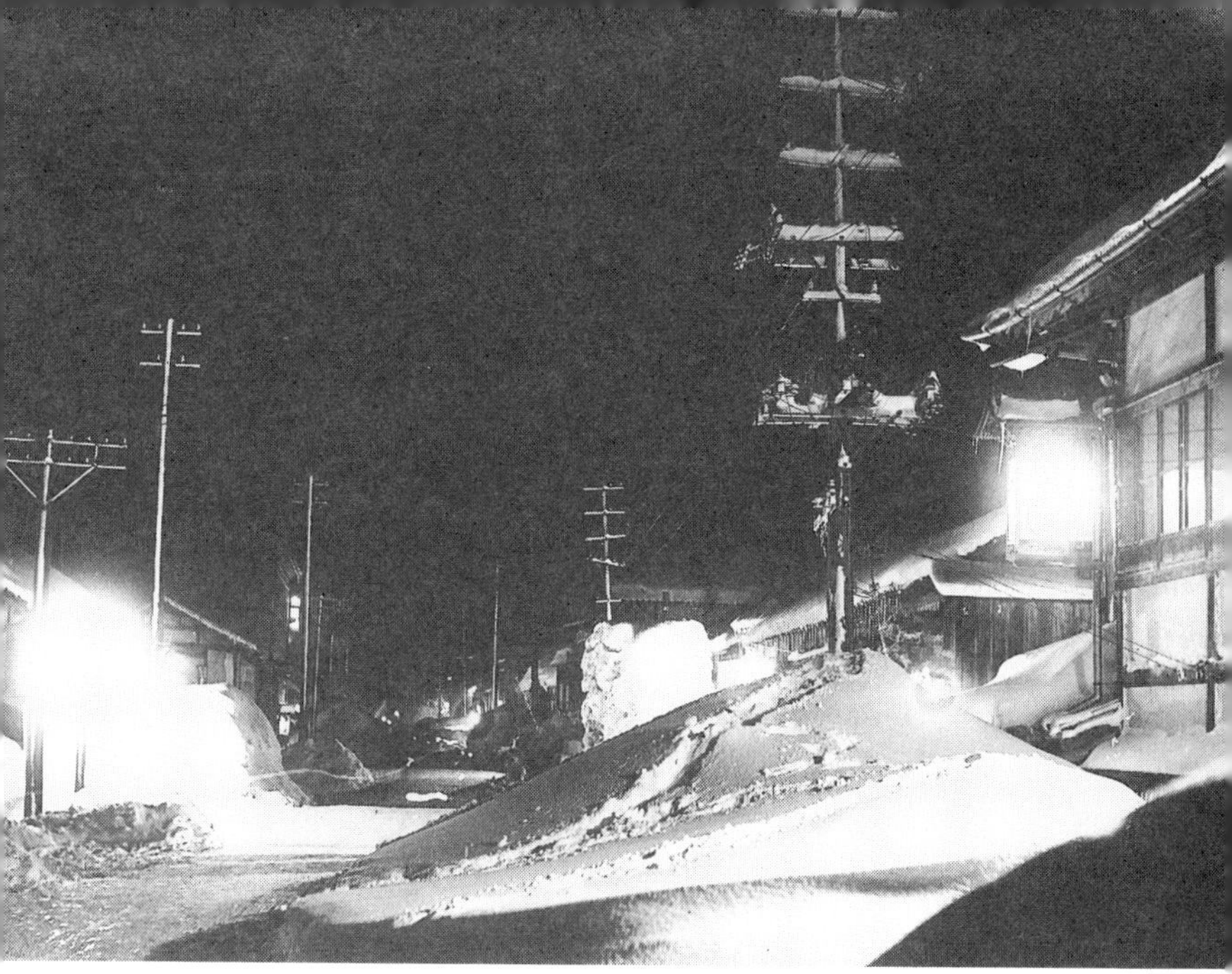

▲雪に埋もれた米沢の街

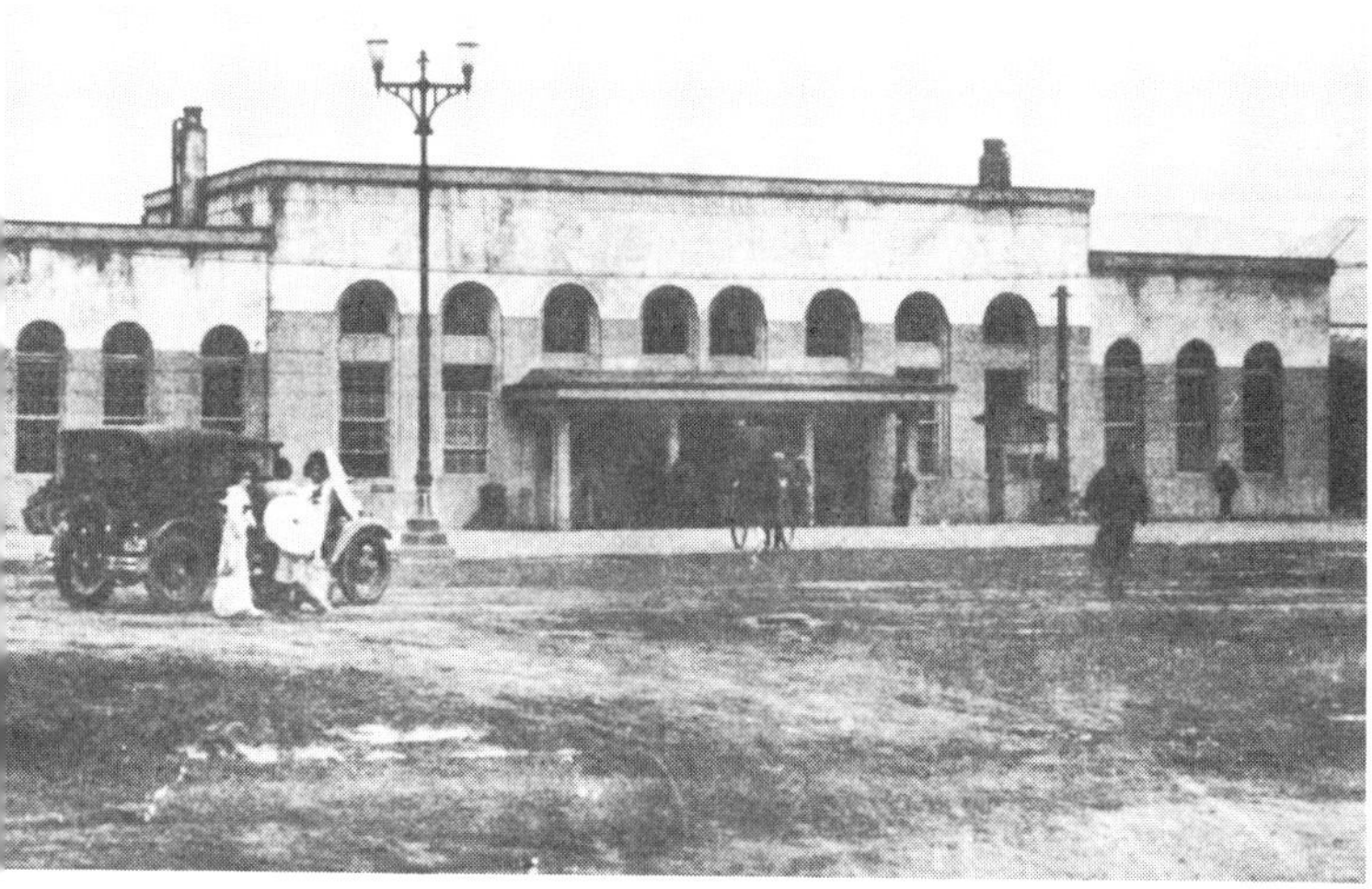

▲モダンな駅舎の米沢駅

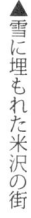

奥羽本線
松川
米沢駅
南米沢駅
掘立川
北寺町西ノ町
四ケ一町
御菜園町
鍛冶町
桶屋町
川井小路
大町
今町
東寺町
大字福田
大字花沢
下花沢
玉ノ木町
東町
紺屋町
七軒町
御膳部町
元中馬口労町
南堀端町
北堀端町
屋代町
下ノ町
上ノ町
清水町
鉄砲屋町
住吉町
栄町
北寺町

昭和17〜19年の米沢市街略地図

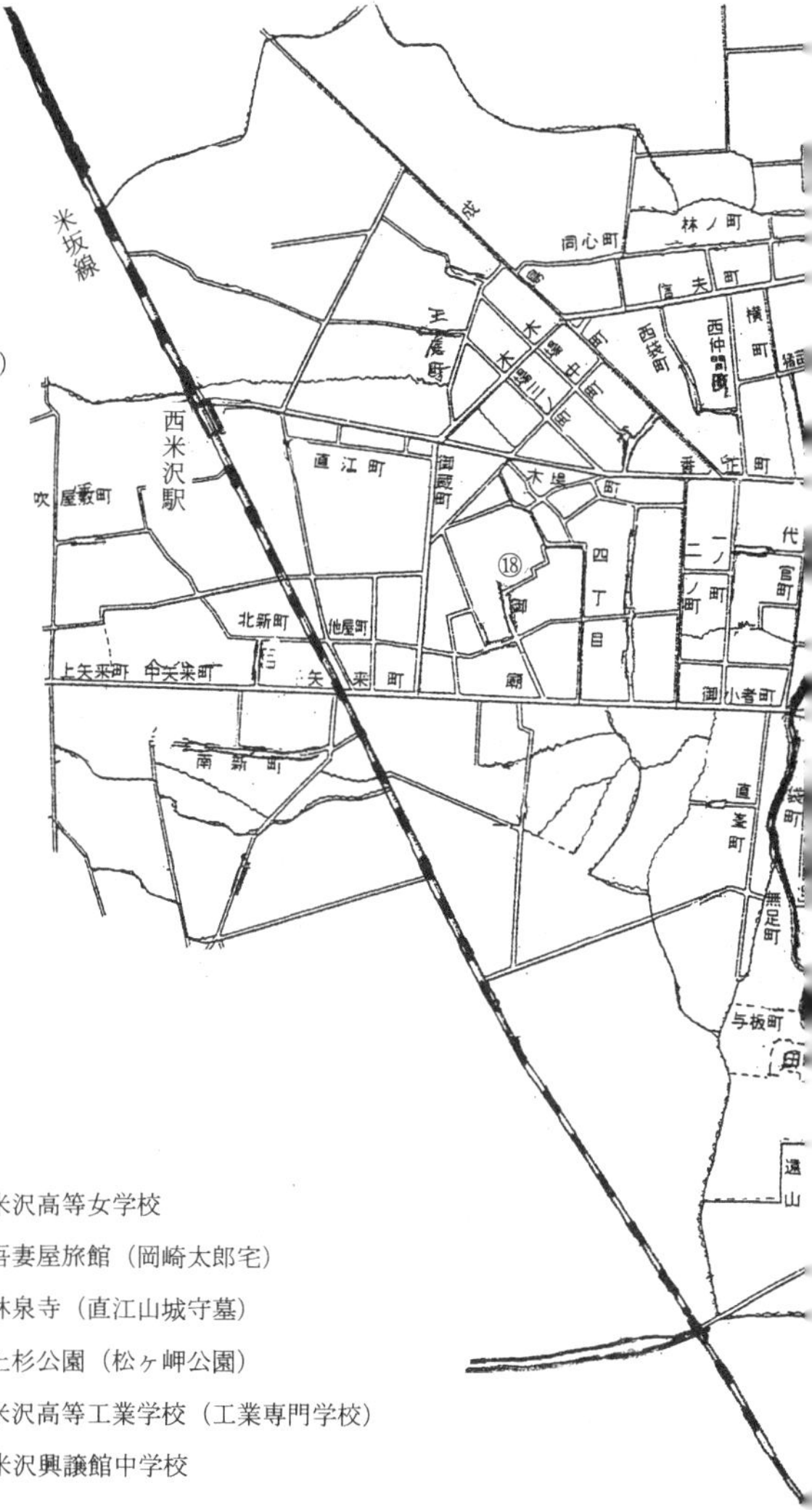

① 市役所
② 警察署
③ 正気荘（吉本入学時入寮）
④ 応化寮（吉本一年次秋移動）
⑤ 親和寮
⑥ 五色寮
⑦ 白楊寮
⑧ 盛文堂書店
⑨ 遊楽館（映画館）
⑩ 常盤館（映画館）
⑪ 市民プール
⑫ 八祥園（料亭）
⑬ 東家（料亭）
⑭ 「そば開眼」のそば屋
⑮ あらい屋（おしるこ屋）
⑯ 松島屋喫茶室
⑰ 九里裁縫女学校
⑱ 上杉御廟所
⑲ 米沢商業学校
⑳ 米沢工業学校
㉑ 米沢高等女学校
㉒ 吾妻屋旅館（岡崎太郎宅）
㉓ 林泉寺（直江山城守墓）
㉔ 上杉公園（松ヶ岬公園）
㉕ 米沢高等工業学校（工業専門学校）
㉖ 米沢興譲館中学校

▲愛宕山

▲斜平山

佐藤誠教授との出会いと「正気荘」入寮

吉本が米沢に向かったこの日、偶然なことだが、この列車の向かい側の座席に、吉本が入学する米沢高等工業学校の、しかも吉本が学ぼうとする応用化学科の教授佐藤誠（大正二年生まれ。昭和十六年より教授に就任。当時二十八歳。『地図のなかに米沢をさがしもとめて』の著書がある）が同乗していた。佐藤から見れば、目の前にすわっている生徒が、みずからが教授をつとめる米沢高等工業の新入生であることは一目して瞭然だった。二人は車中で言葉をかわし、佐藤は親切にも、白楊寮（大正七年一月開寮）まで吉本を案内してくれて、そこから指定寮の「正気荘」（昭和十四年六月完成）に着いた。部屋は六畳の二人部屋で、吉本の一年上の寮長をつとめる野村光衛と相部屋であった。吉本が語るところでは、野村が部屋で勉強している姿を見たことがなく、暗くなると外出していくのが常であったという。こと勉強に関しては、吉本も野村と同じような生活態度になっていったらしい。その野村は、後年吉本を評して、「何か彷彿とした包容力のある人物で、化学者という感じはしなかった」と語っている。

米沢高等工業学校応用化学科

米沢高等工業学校は、明治四十三年（一九一〇）全国第七番目の高等工業学校として開設された。創設にあたっては、山形県議会、米沢市、そして米沢市の機業家が中心となって誘致運動を展開している。当時の県会議長池田成章の名が記された文部、内務両大臣宛ての請願意見書には、同地の教育環境、自然環境が好適であること、電力を供給する水力電気会社の存在、鉄道の利便性による学生吸収の好条件などがあげられている。そして地元からの敷地二万坪や建設費の寄付などが功を奏し、認可が下りた。敷地の選定については、文部省の「高燥非湿、閑静、風紀健全、水質優良」という提示条件を検討し、東・中・西馬口労《ばくろう》町の三町にまたがる地域（現在の城南四丁目）と決定、染織科および機械科、応用化学科が設けられることになった。本館校舎は明治四十三年に完成、ルネサンス様式の木造二階建て洋風建築で、昭和四十八年（一九七三）には国の重要文化財の指定を受けることになる（現在のJR米沢駅の駅舎はこの建物を模してデザインされている）。

開校後は、大正二年（一九一三）に染織科が色染科と紡織科に分かれ、同十一年電気科、昭和十四年に通信工学科、その三年後には工作機械科が増設された。吉本は歴史の一番古い

▲▶開校当時の米沢高等工業学校本館。現在、国の重要文化財に指定されている。現在のＪＲ米沢駅舎はこれを模して建てられた。

▲応用化学科２クラスのうち、Ａ組入学記念写真
(昭和 17 年４月)。五十音順に並んでいる。
▼実験実習風景

応用化学科へ進んだのである。同校は吉本が卒業する昭和十九年に米沢工業専門学校と改称され、設置科も化学工業、機械、電気、電気通信の四科に改正されるが、二十一年には、色染および紡織の両科が復活している。そして三年後の昭和二十四年、国立大学設置法により、山形大学工学部に包括されて現在にいたっている。

吉本が入学した昭和十七年度の応用化学科在籍生徒の出身道府県別を一覧すれば、多い順に山形十五名、東京十四名、神奈川四名、埼玉三名、北海道三名、福島三名、宮城二名、兵庫二名、秋田二名、樺太二名、千葉二名、岩手一名、静岡一名、香川一名、岡山一名、新潟一名、富山一名、三重一名、群馬一名、長野一名、大阪一名、栃木一名の計六十三名で、東京出身者が地元山形県に次いで二番目に多い。東京出身の卒業学校をみると、錦城中、正則中、日大中、府立七中（以上各二名）、市立一中、化学工、芝中、鉄道中、日本中、日大四中（以上各一名）となっており入学生のほとんどが、中学校出身者で占められ、吉本のように、実業学校出は極端に少なかった。後年、この時の入学生が思い出を書いた米沢工業専門学校卒業五十年記念誌『るつぼ』（昭和十九年卒業・るつぼ会、平成六年発行、以後『るつぼ』と略記）をみると、「都落ち」という感情をもった者から、逆にひらけた「都市」というイメージを抱いた者まで、入学者の米沢に対する思いはさまざまで、出身校の地域的なひろがりをよくものがたっている。

米沢高工志望から入学まで

吉本が米沢の高等工業学校進学を志望した理由については、東京下町の庶民の出自という家庭環境の影響にくわえ、すでに知的な自己形成を志向しはじめた少年の選択という面でみると興味深いものがある。東京府立化学工業学校を卒業するにあたって、同校文芸部誌の編集にかかわり、寄稿もしていた吉本には、いくぶんモラトリアム的な感情もあってか、すぐに就職するという進路は、ためらいがあったようだ。高校から大学へまでは無理としても、上級学校に行ってもう少し勉強してみたいと父順太郎に相談すると、父は家計の状態はまだ大丈夫だが、学業途中で

第二校章
（制服ボタン）

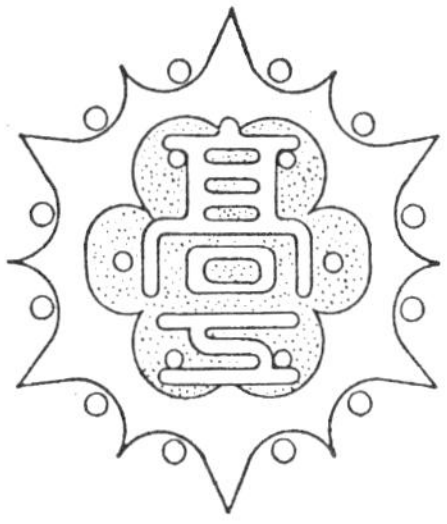

第一校章
（帽　章）

▲東京高等師範学校教諭板倉賛治氏の考案になる米沢高工の校章。現在、この校章は「高工」を「大学」と改め、米沢工業会員章として残されている。

経済的に困難という事態になっても対応できるように、普通科ではなく、就職に有利な実業系の学校ならばと、条件つきで認めてくれたようだ。そこで府立化工の教師とも相談の結果、米沢高等工業学校という線が浮かびあがったのである。

また当時、米沢高工応用化学科には、府立化工の卒業生では尾賀泰次郎、野口賢次の二名が進学しており、彼らは母校で開かれた上級学校の説明会に来校していろいろ語ってくれたらしい。そのときの話から、吉本は「米沢高工はおもしろそうな学校だなぁ」という印象を与えられていたことが、少年吉本の心をかきたてたようだ。さらには、そこに在学していた秀才の誉れ高かった尾賀が米沢高工に進み、そこに在学していたことが、少年吉本の心をかきたてたようだ。さらには、あまり学費のかからない官立学校であることも、父にそう大きな負担をかけずにすむこと、難易度についても吉本には比較的入りやすい学校であると判断されたようだ。

実家から遠い東北を遊学の地に選んだ理由としては、アドレッセンス初葉特有の精神のありようがあずかって大きいかもしれない。親元を離れて自立したいという心情にくわえて、すでにいくばくか文学的な内面を育てつつあった吉本には、「東北という風土が、わたしの意想のなかでは、きびしく暗鬱で、素朴で、というようなものとして存在しており、それは、当時のわたしの嗜好と心境に合致していた」(「過去についての自註」)のである。ほどなく石川啄木を知り、やがて宮沢賢治に出会うことになる素地も、吉本の背中を押した進路の選択であったとおもわれる。

当時、米沢高等工業学校には、「無試験入学検定」という制度があった。それは「中学校または実業学校の最終学年に在学し、人物優秀、体格強健にして最後の三学年中、前二年の成績がその学年の及第者全員の五分の一以内の席次にあり、最終学年にあっては第一学期第二学期とも同学年生徒全数の十分の一以内の席次にあり、出身学校長の推薦あるものについて学科試験が免除される」（『山形大学工学部六十五年史』、以後『六十五年史』と略記）というものであった。府立化工での学業成績が四十八人中五番で五年間を皆勤で通していた吉本は、まず「無試験入学検定制度」を利用して、米沢高等工業学校応用化学科に願書を提出した。だが期待に反して無試験入学検定では不合格となり、改めて「試験入学」受験に挑むこととなる。ちなみに、無試験入学検定合格者は応用化学科では九名という狭き門であった。

吉本は、昭和十七年三月一日より三日間、東京会場にあてられた三田にある藤原工業大学（現・慶應義塾大学理工学部）で再受験した。この時の成績は、英語六〇点、数学七九点、物理九五点、国史七〇点の合計三〇四点で、「口試」、「身検」とも甲であった。ちなみに国史の問題は、「鎖国の由来と影響」、「法隆寺、神皇正統記、聚楽第、大日本史、九ケ国条約につき説明せよ」といった、時局的な世相も盛り込まれた内容であった。三月十二日午後四時、入学許可者が発表され、今度は吉本は合格を果たした。

一年次の生活始まる

一年次の授業は、この年の四月八日に始まった。授業内容は体操、英語、独逸語、数学、物理学、製図、無機化学、有機化学、分析及実習であった（吉本本人の『学籍簿』より）。

こうして米沢での新しい生活が始まったが、すでにこの時期の学園生活が、開戦後まもない時局の影を濃く受けるものであったことは、東北のこの地も例外ではなかった。四月には翼賛選挙が実施され、また毎月八日は大詔奉戴日とし、各学校、職場で、詔書奉読式、必勝祈願、国旗掲揚が実施されるようになっていた。

米沢高等工業学校でも日曜と雨天日を除き、朝礼が毎朝行われた。午前八時二十分、生徒は全員校庭に集合し、国旗掲揚、宮城遥拝して「皇運扶翼祈念、技術奉公」の決意を示し、学校長への敬礼、ラジオ体操、出欠調べを終えて、行進曲が流れるなかを教室に向かい、授業が開始されるのである。

新学期の授業が始まったこの日には、米沢高等工業学校「報国団」が、入団式を挙行、新年度の全面的な活動を開始した。文部省の「学園新体制要綱」に基づいてつくられたこの報国団は、前年の昭和十六年二月十一日紀元節式典終了後、結団式が挙行されている。『六十五

昭和10年当時の米沢高等工業学校の敷地・建物図

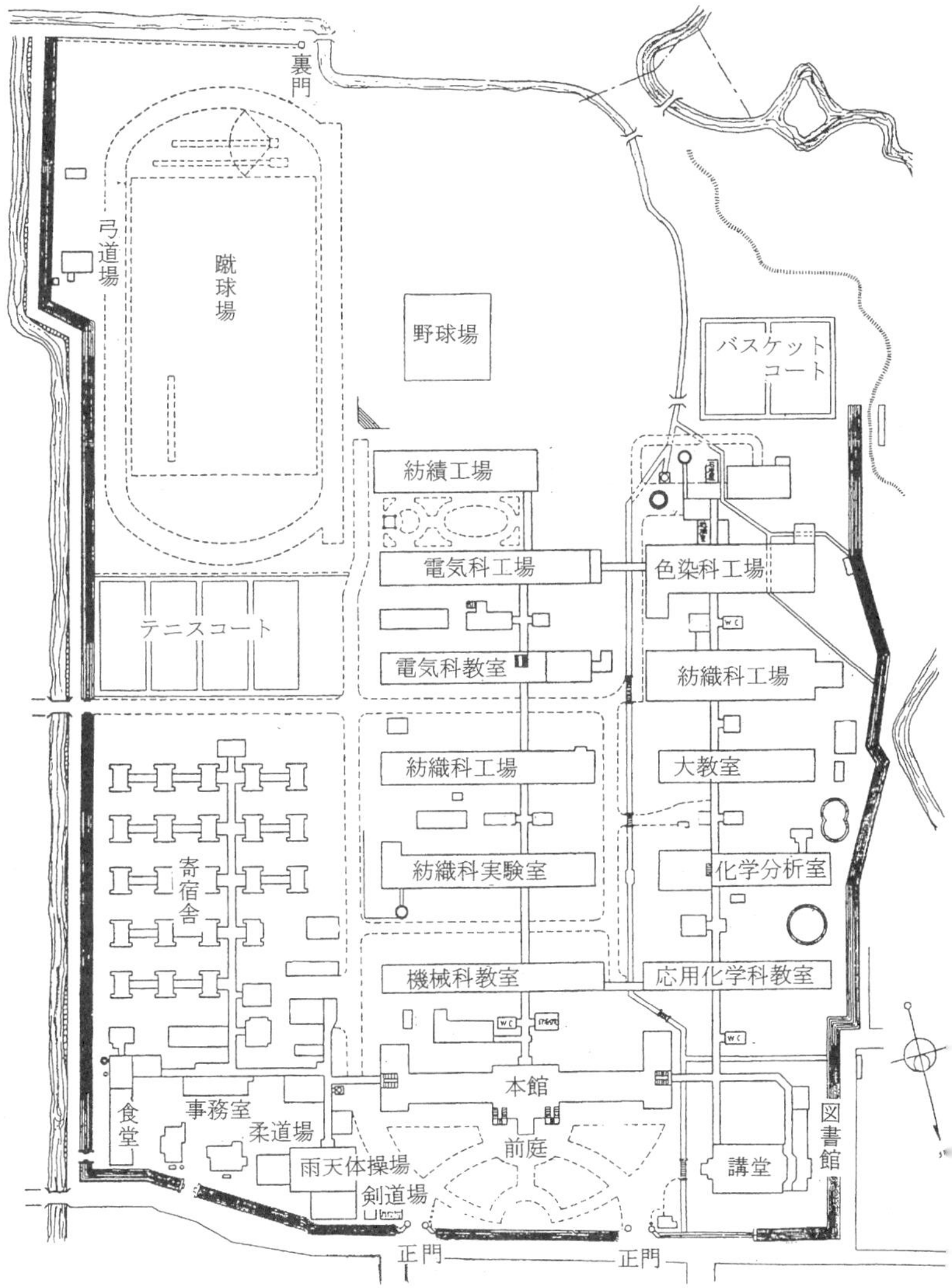

年史』によれば、「教学の本旨に則り皇国の使命に鑑み滅私報公の精神を堅持し学校一致心身の修練を行い、校風の発揚を図る」ことを目的とし、教職員生徒全員をもって組織されるもので、団長には校長を推戴し、この報国団の結成とともに、従来の校友会は解散していた。同報国団は、総務部、鍛錬部、国防部、文化部、生活部の五部に分かれており、総務部は総轄、庶務、経理等にあたり、鍛練、国防両部はそれぞれ真摯敢闘をなし、文化部は一般教養、情操涵養を担い、生活部は保健厚生などを分担するものであった。

各部の内容をみてみると、次のような班が置かれている。

まず鍛練部には、勤労、剛健旅行、登山、スキー、柔道、剣道、弓道、野球、庭球、蹴球、籠球、卓球、競技、体操の十四班が置かれ、国防部には、射撃、乗馬、銃剣道、滑空、警防の五班、文化部には、修養、団誌、音楽の三班、そして、生活部には、規律と保健の二班が置かれた。そして、推戴された団長（校長）のもと、副団長、部長、理事、班長、幹事がそれぞれ任命されたのである。

この日、生徒代表は次のように「宣誓」し、「東亜新秩序建設」の決意を述べている。

「本日気澄み歓喜溢れて神武天皇大業成就の佳辰に誓願を仰いで八百の健児が邦家の前路を思ひ殉国の覚悟を胸に秘めて今報国団結成式に列す　茲に母校発展の基礎愈々備はるを見る　今や東亜新秩序建設の枢軸たるべき大使命に直面し欣喜雀躍八紘一宇の天業翼賛に

殉ぜんとす　即ち我等は団体的実践鍛錬の下に共励切磋確固不抜の国民的性格を錬成し以て皇運を扶翼し奉らんことを誓ふ」（『六十五年史』）

ささやかな自己解放

吉本は、こうした状況をどのように受けとめたのだろうか。

府立化工五年生の弁論において「現時局下に於ける日本の立場」と題して「日米開戦」の必然性を語り（川端要壽『堕ちよ！さらば　吉本隆明と私』）、四カ月前の真珠湾攻撃と宣戦布告の報に接しては、解放感をもってこれを受けとめた（「軍国青年の五十年」）吉本にとって、時局下の学園生活がこのように戦時色に染めあげられていくのは、必然の状況と意識されたかもしれない。しかし、戦争を不可避とする庶民大衆のナショナルな心情に同調し、これをある種の宿命のように甘受していたと思われる吉本ではあっても、新しい学園生活は、それなりの自由と野放図な自己解放を可能にしてくれるものではあったのである。

たとえば、入学早々吉本は、他の一年生と同様、上級生からアルコールの「洗礼」を受けた。入寮して十日ほどは、毎晩のように、深夜に一升ビンを持った上級生から酒のまわし飲みを強要されたらしい。飲みっぷりがいいと、「そうだ、よし！」とほめられたという。それは吉

（右ページ）▲応化寮にて学友と吉本（後列右端）。
▼コンパ風景（前列右より三人目が吉本）。

（左ページ）▲ファイアストーム風景
▼吉本が入寮した正気荘。正気荘の名は、幕末の水戸の藤田東湖が、当時、志気を鼓舞し、尊王の気分を養った五言古詩「正気歌」に由来する。なお「正気歌」は、吉田松陰も詠んでいる。

本にとって決して不愉快な体験ではなかった。家郷を離れた淋しさをまぎらわすことができて愉しかったし、酒席のマナーや、飲酒して酔いたいという気分も理解でき、正直に言えないことでも酔えばぶちまけて発散できる酒の効用もおぼえていった。後年、吉本は「わたしが北国の学校へ行っておぼえてよかったという体験の大きな部分は飲酒の習慣だった。これが（飲酒の習慣が）なかったら生涯はだいぶ味気なくなったにちがいない」（「酒のうえのこと」）と回想しているほどである。飲酒にかぎらず、寮生活では、先輩や受験浪人を経験してきた大人びた同級生から教えられる、煙草の吸い方やその他無邪気な悪習は新入生のあいだにも、たちどころに伝染していった。

宮沢賢治の衝撃

入寮直後、四月というのに降雪があって寒い日が続いた。新入寮生は連夜、一室に集まって郷土の話をしたり、いろいろな本の紹介をしあったという。そんななかで、宮城県古川中学出身の工藤信雄（現姓・内海）が東北の詩人宮沢賢治の作品を寮友に紹介した。宮沢賢治はたちまちのうちに若い寮生たちの心を、なかでも今氏塾から府立化工を経て、幼ないなりに文学への関心を育てていた吉本をとらえてしまった。

「わたしは米沢高工入学の前年（昭和十六年）、私の住んでいた古川町の隣村の敷玉小学校というところで教員をしていました。その頃、友人の本屋で一冊の童話集を見つけました。内容は珠玉のような詩や童話があり、その頃には珍しい藍色の布製の表紙で『宮沢賢治名作選』と題され、確か松田甚次郎編とあったと思います。私は子供達によく童話を読んで聞かせていました。この学校は昔の小説に出て来るような牧歌的な小学校でした。勿論、米沢に来る時は愛読書として行李に入れて来ました。寮でこの本を級友達に見せると、皆な喜んで回覧して読んでいたようです。いっぺんに皆な賢治ファンになったようです。その中でも最も熱心だったのは吉本君でした。彼は遂に賢治の跡を探して花巻まで行ってそのゆかりの人を訪ねたそうです。後年、クラス会で小板橋君が、『今、賢治百年祭とか世間で騒いでいるが、俺達はすでに五十年前に賢治のファンだったよ、今更、何だいなあ』と言ったのでした。賢治の作品には多数の化学術語が使われていますので、それが我々化学生徒により親しみを抱かせたのではないでしょうか。酒田生れの渋谷君が酒田の本屋で『宮沢賢治』という単行本を見つけてきたので、早速皆なで注文したものでした。私が復員して家の内外をこの二冊の本を探したのですが、とうとう見つからず、十字屋書店発行の『宮沢賢治全集』を全巻購入しましたが、あの二冊の本が懐かしくてたまりません。

その頃、皆で『ファンタジー　ポランの広場』をやろうとしました。小生が演出を受け持ち、

▲西門から入って棟間の広場にて。
後列右から12人目が吉本。

▼雪が残る校庭か？　右より5人目の
後方にいるのが吉本。

▲集会場でめいめいにくつろぐ寮生たち。

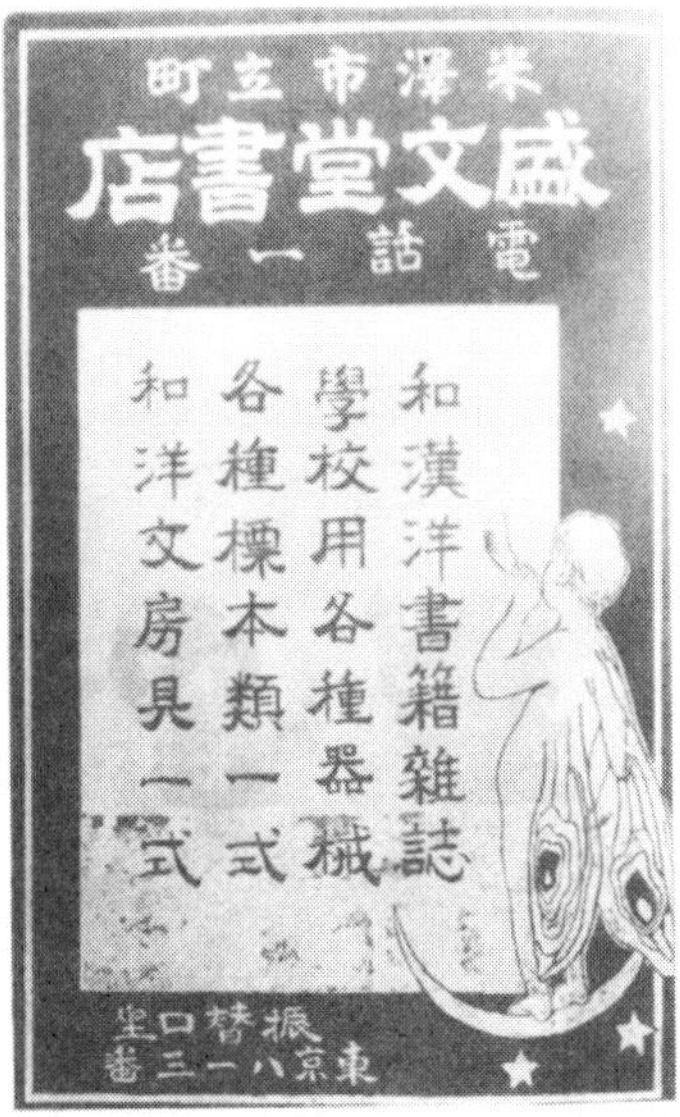

◀盛文堂書店のしゃれた広告。盛文堂は電話番号が「一番」ということでもわかるように米沢市では最も大きな書店であった。吉本はここを何度も利用している。帰京の際に、汽車賃を捻出するために、ここに本をおいてお金をかりるというふうに、質屋のような形でも利用していた。

配役を予定しました。山猫博士は大柿君を擬し、その他それぞれに役を定めました。誰が何の役だったのか忘れましたが、吉本君にはキュステを願ったのですが、彼は『俺は衣裳係の役をやる』と言っていました。なる程、彼らしいなァと、私は独り合点していた思い出として残っています。この劇は結局よく理解されず不発に終わったようでした。若し、劇を実現して写真にでも撮っていたなら、素晴らしい思い出になったことと、今更残念でなりませんね」（平成十四年四月五日付、著者宛て内海氏の書簡）

宮沢賢治が吉本をつよくとらえた様子を、内海の証言はよくつたえている。内海が企画した芝居で、主人公役のキュステではなく、あまり注目を浴びない脇役のほうを選んでいるのもいかにも吉本らしい。

吉本自身は、この松田甚次郎編の『宮沢賢治名作選』に出会ったときの感動について、こう述べている。

「山形県米沢市の旧制の高等工業学校に在学中に、はじめてこの詩人の『名作選』に出遇い、すぐにのめり込むおもいにさそわれた。何とか『名作選』の範囲を突破して理解できないかとおもった。この『名作選』は健やかで調和がとれた作品の選び方の印象で、そのくせに、もっとちがう宮沢世界があるぞという暗示は、作品のいたるところにあった。たとえば「銀河ヲ包ム透明ナ意志」といった言葉遣いに象徴される感性は、どんな文学作品でも出遇ったことはなかったし、「心象スケッチ」という詩の世界もそうだった。いいかえれば独特だが、せまく偏っている感じがなかった。これは健やかでもあり、調和的だが、常識の範囲にはとどまるはずがないとおもえた。当時手にできるのは『名作選』と佐藤隆房『宮沢賢治』だけだったとおもう」（「文庫版のための後書き」『宮沢賢治』）

吉本がまず最初に賢治の作品に魅せられたのは、他の寮生と同じように「雨ニモマケズ」であった。吉本のこの作品への傾倒ぶりは、この秋に正気荘から応化寮に移ったとき、自室の天井に、墨書でこの詩を貼って日夜眺めていたという吉本の回想からも理解できよう。そしてこの詩を入り口に吉本は賢治の諸作品へと入っていった。吉本はこの詩に「自己放棄の方法を最上級の形で表現されている」ことに感動する一方で、「『東ニ病気ノコドモアレバ……西ニ疲レタ母アレバ』という表現は詩のレトリックとしても大変高度なものである」（「宮沢賢治は文学者なのか」）ことが自らの詩作の経験をとおして理解できたのである。

さらに賢治に親しみやすかったことのひとつに、賢治の専門と吉本が目指す化学の分野が近かったことがあげられる。賢治の詩に専門用語が多用されていること、作品にみられる科学性探求の姿勢において共有し得るものを感じとったのである。また周囲の文学作品といえば時局的なものばかりが多かった時期に、賢治詩に見られる自然の擬人化、喩の特異性、擬音と造語の特異な使い方などは、今まで吉本が読んできた詩人、文学者にはみられない独特なものであった。米沢は、賢治の生活した「原風景」と似た「自然」に囲まれており、同じ東北の風土に日常接するなかで、賢治詩の方法はすなおに受け入れられるものであった。自分も賢治のようになりたい、賢治のように生きてみたい、賢治を越えてみせる。そう心に期するときも吉本にはあった。

小林秀雄・保田与重郎・高村光太郎・太宰治

読書体験ということでは、小林秀雄の『ドストエフスキイの生活』に出会ったのもこの頃であった。

「……僕が始めて『ドストエフスキイの生活』を入手したのは、太平洋戦争中の昭和一七年でした。東京から山形の米沢高等工業学校（現山形大学工学部）に入学した年で、一年生は規則で全員寮に入らなくてはいけない。官立の高等工業学校なので、台湾から二人の留学生が来ていたんですよ。湯玉輝《とうぎょくき》さんと吉嶺朝雄《よしみねあさお》さん。吉嶺さんは、出席番号が近いから実験台が同じで、すぐ馬鹿話をする仲になったんですね。

彼の導きだったかどうか、湯さんの寮の部屋に行ったら、『ドストエフスキイの生活』があって、丁度読みたいと思っていたところだったから、『いい本持っているじゃないですか』と声をかけたら、気前良く呉れたんです。ありがたく貰って、読み始めました。僕は、小林秀雄が始めて文句なく国際的な水準の作家論を書いたと思いましたね。その前の、主に日本の文壇的な事象について書いた文章とは、一味も二味も違う。大変な人だなと驚きました。

当時の学生から見れば、つまらない文章でない文芸批評を読もうとすると、小林秀雄と保田与重郎の二人しか残らないんです。僕らは、作品が出るごとに競って読んでいました。小林さんで特に印象深かったのは『志賀直哉』論と『菊池寛』論と『嘉村君のこと』でしょうか。他の連中は、単なる時勢迎合者で、信頼に値しないと思っていましたね。しかし、『ドストエフスキイの生活』を読んでからは、保田の水準を越えた格段に優秀な人だと感じて、より一層打ち込んで読みました」（「絶対に違うことを言いたかった」）

また吉本は高村光太郎の『道程』、太宰治の『富嶽百景』を米沢の盛文堂書店で購入している。『道程』からは「彫刻家にふさわしい並外れた言葉の造形力、情緒の雰囲気をそぎおとす簡潔さ、思惟と倫理の立体性など、およそ文芸として必要なものを削りとった詩」（「はじめて買った詩集『道程』」）を印象づけられ、太宰の作品からは「おいしい料理」を提供してもらった感じがしたという。太宰については、「戦争中、太宰治の作品はじぶんのアドレッセンス初葉そのものといってよかった。がさつな戦時体制下に、じぶんもそのがさつさを盛上げるのに加担しながら、いや、加担していたがゆえに、いつも狼狽し、へどもどして、優しい恥をさらしているような太宰治の世界に、心は吸い込まれていった」（「文学者への言葉」）と回想している。

「正気荘」の日々

入学してほぼ一カ月が過ぎようとしていた四月二十九日、米沢の市街地のほぼ中心に位置し、上杉謙信を祭る上杉神社の祭礼で吉本らは入学を記念してのクラス写真を撮っている。雪国の米沢が春を迎え、桜も開花し、もっとも華やいだ時節であるが、緊張の度をつよめる時局下にありながら、吉本は米沢の生活にも慣れ、つかのまのモラトリアムな時間をゆるされていた。たとえば、五月二十八日には、米沢市立町にある映画館の「遊楽館」が、観覧席をコンクリートでかためて椅子席とし、下足のまま入場できる土間に改造されている。同館は米沢では数少ない映画館の一つだが、吉本たちもよく足をはこんだようだ。同館で鑑賞した映画のなかには恋愛心理劇の『暖流』（吉村公三郎監督、高峰三枝子、水戸光子、佐分利信出演）などもあって、青春期の吉本にも強い印象をのこしている。

そして六月。米沢では名産の「さくらんぼ」（地元米沢では「おうとう」とよんでいた）が実る季節である。日本軍は五日から七日にかけてのミッドウェー海戦で空母四艦を失い、制空権をうばわれ、戦局は大きな転機を迎えるが、たれこめる暗雲に閉ざされながらも、吉本は寮生とともに野放図な「さくらんぼ盗り」に出かけたりすることもあった。

中旬か下旬のある日、吉本は寮友とともに、正気荘の西方斜平《なでら》山山麓の地区に、夜中「さくらんぼ盗り」を敢行した。それは「飢え」を満たすという若い身体の欲求に、「無邪気な愚かさ」も手伝っての行為であった。寮の裏つづきは山のそばまでひらけた畠地で、農家がちらばっていて、そこに桜桃のなる実桜の樹木が栽培されていた。寮生は夜になるとかわるがわる誰かの部屋にあつまって与太話にふけり、その折りにだれかが桜桃を盗りにいこうなどと言いだす。学生の伝統的な陰語で「ネグリ」に行こうということになる。じゃんけんやアミダで人選をし、夜陰の畠道をリュックサックを背負って山に向かい、木に登り、桜桃をもいでリュックにおしこむ。あるとき吉本にその役回りがあてられた。彼は、暗闇のなかを木の枝にのぼって、いそいで桜桃の実をねじりこんでいるうちに、ぐにゃという何とも気味の悪い手触りのものをつかんでしまった。吉本はびっくりして地面に落ちてしまい、狼狽していち目散に暗い畠道を駆けもどったが、ぐにゃりと手につかんでしまった得体のしれないものは、桜桃泥棒よけに枝につるしてあったニワトリの死骸だったのだとみんなから教えられる。桜桃はリュックから車座のまん中にぶちまけられ、いっせいに手がのびる。喰いかすはほかの寮棟にまき散らした。翌朝寮を出て登校すると、守衛室にひかえた舎監に呼ばれ、昨夜実桜の木から桜桃をとりちらかしたのはおまえたちだろう、ととっちめられたという。農家から苦情がきたのである。

▲立町の英和女学校跡に松竹系の映画専門館として大正六年に創設された遊楽館。米沢の映画館は、昭和四年に松岬劇場、昭和七年に常盤館が建設された。三館とも昭和十七年までは下足を預ける桟敷席だったが、この遊楽館は六月からコンクリート土間の椅子席となった。
▶桂町の松島屋喫茶室前。吉本らがよく足を運び、おしるこを食べたという。

（左ページ）▲吉本たちがよく出かけたという白布高湯温泉。白布高湯温泉は、寮からは徒歩で舟坂峠を通り二時間ほどのところにある。白鷹が湯口にひたって病を癒しているのを里人が見て、正和元年（一三一二）に開湯したという言い伝えがある。温泉宿は、東屋、中屋、西屋の三軒があり、にぎわっていたが、東屋と中屋は、平成十二年三月全焼し、東屋は新築旅館として生まれかわった。
▼白布高湯温泉東屋旅館で湯にひたる吉本隆明。

（右ページ）▲小野川温泉。寮からは徒歩で一時間ほどの距離にあり、承和年間（八三四〜八四七）、小野小町が父の出羽郡司良実入道を訪ねる途中に発見したとされる。温泉地の中心にある共同浴場・尼の湯が小野小町の開いた最古の湯という。上杉鷹山はこの温泉から塩を採取している。

▲▶二年時に前年正気荘に在寮していた人達が旧交をあたためるべく小野川温泉の旭屋旅館に集まった。写真はこのときの余興の仮装姿の面々。右ページの写真では前列に、左ページの写真では後列に吉本の姿が見える。

一同は晩方には集められて舎監からお説教をもらった（「桜について」）。このお説教を垂れた舎監は同級生で同寮生でもある大場忠男の父親、大場好吉（大正十五年六月〜昭和二十年十一月まで教官、舎監として同校に勤務）であった。このような若さがもたらす暴走に対して、吉本はその圏外に自分をおくことはなかったようで、彼の資質の一端がよくうかがえるのである。このころ吉本は、郷右近厚（岩手・遠野中出身）、田中寛二（秋田・能代中出身）の二人の級友と、文学への関心の共通性から親しくなり、寮内外で、時には田の畔道などでも大いに文学論を展開している。二十四時間生活をともにする寮生活の中で、互いに気持ちをゆるし、理解しあえる青春期の交友関係が生じていた。たとえば田中と吉本との交友関係について、同級生の内海信雄は次のように証言している。

「写真が一枚ある。このスナップは某日、小野川温泉にて鴉会（正気荘の応化生会）の仮装会である。誰が何に扮しているのか今尚覚えている。ここに七人の美女（?）がいる。その中で一番艶やかな女は田中寛二くんである。

田中寛二、彼は秋田生まれの白皙の切れ長な瞳の美青年であった。中学以来の最初の世界が何もかも珍しく、楽しいという純な若者だった。いつも俯き加減でシャイな口振りで語ってくれた。頬を薄く染めて秋田の艶笑譚を語る彼の横顔が印象的だった。彼は吉本を崇拝していた。『吉本がこう云った、吉本にこう云われた』その度毎に瞳を輝かせて嬉しそうに私に語った。吉本が偉大な逸材であるという認識の大半は田中の吹き込みによるものと思う。いま、今日の吉本隆明を見て、彼がどんな表情で私に語ってくれるか、目のあたりに見えるようである。

敗戦後の辛い抑留生活中、帰国したら会いたいと思っていた人びとの中に私は彼を選んでいた。復員して消息を尋ねると彼は既に他界しているという。その瞬間、私は唯々茫然自失の思いであった」（『るつぼ』）

もう一人の親友郷右近厚は、吉本がフランス語で原書を読んでいたことがつよく印象に残っていると語る。新しくふれた文学作品もよく紹介しあった。机に向かって詩作をやっていた吉本もよく見かけたが、作品を見せてもらったことはなかったという。

学園の戦時体制

七月に入ると、米沢高等工業学校報国団の団誌班によって、生徒の読書調査が実施されている。『六十五年史』によれば調査の目的は次のようなものであった。

「大東亜戦下、日本国民は一億がいわゆる火の玉となって総進軍するとき、独り学生のみが象牙の塔に閉じ籠もっていることは許されない。未来のエンジニアをもって任ずる我々は、日々の課業に励むとともに、或いは鍬を手に野に出て、或いは銃を執って国土防衛に当たらねばならぬ。この激しい時代の潮流の中にあって、学生生活の文化面は如何に建設されつつありや?」

調査カードは各クラスごとに、生徒全員九七一名に配られ、約六割の五七四名から回収された。調査項目は、第一問「愛読している雑誌」、第二問「最近感銘深かった書物」、第三問「好きな作家、評論家」、第四問「一カ月の書籍購入費」、第五問「学校の図書館及び図書室(各科)に対する希望」というもので、それに対する回答は、第一問の愛読雑誌は、総数では、一、新若人、二、映画雑誌、三、科学朝日、四、航空朝日、五、科学画報、六、中央公論、七、文藝春秋、八、無線と実験、九、キング、十、改造、の順であった。『新若人』は青少年の健全な総合雑誌と銘うって刊行されてまもないもので、読者は一年生に圧倒的に多かった。二、三年では『科学朝日』が一位を占めている。設問四の「一カ月の書籍購入費」は全学年平均四円四十一銭。学年別では、三年五円二十三銭、二年四円八十七銭、一年三円六十銭というように、上級学年になるにつれて購入費が増えている(『六十五年史』)。

七月八日、文部省は、高等女学校の「英語」を随意科目とし、週三時間以内とするよう通達を出している。米高工でも、時勢に乗って、「英語」の授業に対して、拒否感を示す生徒も出てくるようになった。英語の教師がかわいそうだったと、吉本は述懐している。

七月十二日、朝日新聞社は、全国民をあれほど熱中させた全国中等学校野球大会の中止を発表する。野球もまた敵国アメリカの敵性スポーツとみなされたわけで、学園もいよいよ戦時体制に深く組みこまれていくことになるのである。米沢高工に関しては、『山形新聞』が次のような記事を掲載している。

七月十六日、米沢高工登山班は十九日から三日間の予定で、心身鍛練と軍事訓練の総合成果を目ざして、第一班五十余名は飯豊《いいで》山へ、第二班三十余名は鳥海山に登山を実施した（『山形新聞』七月十四日号）。

米沢市綜合防空訓練に米沢高工生が交通整理係として参加した（『山形新聞』九月二十九日号）。

九月十一日、米沢高工の昭和十七年度の卒業式が挙行される。卒業生は二九九名（色染一三名、紡織二五名、応用化学六五名、機械六〇名、電気六一名、通信工学六七名）、選科終了生二名（色染一名、紡織一名）であった（山形大学『五十年史』）。

就職は好調で、『山形新聞』七月十六日号によると、就職依頼の照会は連日五十件以上あり、そのうち約二十名の生徒が海外への雄飛を希望していたという。当然のことながら学生の意識のなかに時潮は強く反映していたのである。

そんななかでも戦時を忘れることのできるつかのまの遊興の時はのこされていた。十月のある日、吉本らは「さくらんぼ盗り」と同じように、果物屋から果物を「くすねる」競争をした。また、米沢織の工場で働く織女工に声をかけて、あらかじめ定められた場所まで連れてくるという、異性にからまる、幼いがきわどい「遊び」なども体験している（『少年』）。

「応化寮」へ移る

十一月、米沢での学生生活にもすっかり慣れたころ、吉本は親友郷右近厚らとともに、「正気荘」から門東町にある自治寮の「応化寮」に移った。卒業生が退寮して欠員が出たためであったが、化工の先輩の尾賀、野口が勧誘してくれたのであった。

この応化寮は昭和十四年（一九三九）、応用化学科長の吉田土佐次郎教授が、昵懇にしていた市内の酒造元「長谷川酒造」（銘酒「菊花長」の醸造元）の空いていた離れ座敷を借り受けて「寮」に転用したもので、十二、三人の学生の面倒を賄いの婦人がみてくれている寮であった。現在の位置で示すと、九里学園高等学校と米沢市立南部小学校の間にあり、現在その地には「（株）ワボー」と「コマ・レオのガソリンスタンド」が建っている。応化寮初代寮長は戸田正太郎、賄い婦は米沢市近郷北西の成島《なるしま》の佐藤母娘、寮監は国分義一教授、毎月の寮費は十七〜十八円くらいであった。寮生はことあるごとにデカンショ節の曲にのせて、次のような寮歌「応化寮出てから」を歌い踊り、かつ飲んだようだ。

応化寮出てから十余年　ヨイショ　今じゃ炭坑のトロッコ押し　ヨイショ
それで月給が十五円　ヨイショ
応化寮出てから五十余年　ヨイショ　今じゃペイント会社の工場長　ヨイショ
それで月給が百五十円　ヨイショ
応化寮出てから百余年　ヨイショ　今じゃ墓場で酒飲んで　ヨイショ
それで借金が一億円　ヨイショ　ヨイショ

吉本の応化寮時代の思い出としては、こんな「無邪気な悪さ」をしたこともあった。

「悪いイタズラをひとつ思い起こすと、十二、三人の学生自治寮で、おばさんを雇って炊事や食事の世話をしてもらっていたが、おばさんの留守中、みなで、おばさん秘蔵のぶどう酒の手造りを飲んでしまい、かんかんに怒られたことがあった。みなで素知らぬ顔をして飲んだのは誰と誰と言わずに切り抜けた。おばさんはもちろん見当がついていただろうが、ただ漫然と文句をいうほかなかった」（「梅酒考」）

この頃、戦争はぬきさしならぬ局面にさしかかっていたが、親元を遠く離れた吉本の学生生活は、それなりにデスパレートではあっても、あいかわらず小さな楽しみに事欠かない黄金時代の一面をもちつづけていた。十一月ころには、寮のどんぶり飯一杯のひもじさに耐えかね、寮友の勧めもあって、夜中にマント姿で寮の近くにある民家のような藁葺屋根の「そば屋」に出入りしたりもしている。

「寮友の一人がなぜか小声で、おい　そばを食わせるところを見つけた、行こう　と誘い出しにきた。付いてゆくとただの農家だった。土間の縁に腰かけて、かけそばを食べている学生が二人ほどいる。その傍らで、畳にゴザを敷いたところにマナ板をおき、農家のおやじさんが、そば粉を練っている。わたしたちも早速土間の上りかまちに腰を下ろし、仲間に加わった。

おじさんは、ただそば粉だけを、時々水を加え、白い粉にまぶしながら練っているとしかおもえなかった。練っては木の棒で延ばし、を繰り返して、最後に三ツ折りくらいに重ねて、菜切り包丁で細く切った。それを鉄製の鍋の煮え沸ぎる湯に落とし、深いザルにとると、しばらくザルも一緒に冷水につけた。それをどんぶりに分けて、熱いだし汁をかけて差出した。だし汁は醤油と煮干しの味しかなかった。あとは刻んだネギと七味とうがらしをじぶんでふんだんに入れ喰べはじめた。

美味だった。歯ごたえのよさ、すぐぶっ切れてしまうわりなさ、だが色といい、固さといい、だし汁の芸のなさといい、また親元を離れた心細さと空腹感といい、ただの農家の内職じみたたたづまいといい、ああ　これがそばというものだとはじめて知った。ほんとは学生のわたしの無知のせいで、そば粉は然るべきつなぎと味付けがされており、だし汁も工夫が秘されていたかもしれない。その後半世紀、あのときのそばの味を凌駕する味に出会わない」（「そば開眼」）

また、寮の近くで、市の中心部にあった「おしるこを食べさせる店」（現・あらいや）にもよく食べに出かけたと吉本は語っている（「甘味ということ」）。

十二月八日、開戦一年目の記念日に「大東亜戦争」第一周年記念式典が挙行された。寮生のリーダーなどからも、毎月の八日を開戦記念日として、「昼飯を食ったら、昼休みを利用して、上杉神社に戦勝祈願に行こう」と提案されたりしたという。吉本は「無意味で嫌だよ」と思いつつ、時局に合った提案だったのでしぶしぶついて行った（「私の『戦争論』」、『親鸞復興』）と語っている。

みずから「軍国青年」であったと語るように、吉本はどちらかといえば「戦争をやれ、やれ」という考えであった。戦争への同調はいうまでもなく時局下の庶民感情を背景にしたものだが、後年の吉本の「大衆の原像」などを念頭におけば、庶民大衆に背馳することを自己に容認しない資質、困難な時局から逃避することをいさぎよしとせず、すすんでそこに身を投じずにいられない資質もあずかって大きいと考えられる。しかし祖国と国民の運命に対する積極的な甘受の一方で、今氏塾から府立化工、そして米沢での宮沢賢治との出会いなどを経ることによって、理数系の実学的な進路を選びながら、吉本の文学への親しみはしだいにふかまっていた。ファナティックなたてまえの裏で、孤独で豊かな内面は独自の世界を成熟させつつあったのであり、戦争を不可避ととらえつつ、やがては、みずからもそこに身を投じることやむなしと自覚しながらも、内面での折り合いは必ずしもうまくついていたとは思えない。吉本の無意識のなかでは、それは矛盾であるほかなく、他者から声高に「戦意昂揚」を強いられるような場面では、むしろ「面白くねぇ」という感情を否定できなかったのだと思われる。

戦時下の学園生活といっても、吉本にとってそれは、十代後半の、生涯で最も多感な時期にあたっていた。おそらくは寮生活で得た少数の友人との心と心の葛藤や友情は、その後に訪れる人間関係の原型を確実に吉本に教えてくれるものでもあったろう。家族から遠く離れた生活の淋しさは、逆に、自由な文学の世界への自己解放を可能にしてくれた。そして、成熟へ向かって歩むことは、戦争と死にいたる道とパラレルであった。そうした矛盾のなかで、米沢での三年間にわたる集団生活の、第一年目が終わろうとしていた。

昭和十八年（一九四三）

スキーの特訓

米沢高工のすぐ西側には、斜平山《なでらやま》が聳えていて、校舎の背後に立てまわした屏風のような景観を呈している。真っ白に雪化粧をした山稜から吹き下ろす強風は、地元では「斜平おろし」とよばれていた。

一月十三日、先年、米沢スキー連盟の会長に就いた応用化学科長吉田土佐次郎の尽力で、日本スキー界の権威笹川英三郎が米沢高工に招かれ、斜平山につづく大森山スキー場で、四日間にわたって講習会が開催された。

水泳や野球などのスポーツには自信があった吉本だが、この講習会には参加していない。しかし、雪国の米沢高工には授業にスキーの科目があった。吉本は米沢の地を踏むまで雪の上

▶雪をいただいた斜平山。
▼斜平山東辺の大森山スキー場でのスキー授業風景。眼下に米沢市街が見える。

▲大森山スキー場でのスキー大会に参加した応用化学科生。後方中央に吉本。

▼米沢市民プールでの水泳大会。吉本は水泳が得意で、科代表としてリレーに参加している。

をすべったことなど一度もなかったから、夜、友人と一緒に寮から歩いて十分ぐらいのところにある上杉神社に出向き、城跡の坂を利用してスキーの練習をしたりした。

ちなみに、この上杉神社は米沢市街地の中心部（現、米沢市丸の内一―四―一三）に位置し、濠に囲まれた小丘内にある。周囲は桜並木に囲まれ、市民の憩いの場となっている。米沢高工、正気荘、応化寮から歩いて十分ほどの距離にある。祭神は上杉謙信。天正六年（一五七八）三月十三日、戦国大名の謙信が四十九歳で越後春日山（現、上越市）で急逝したとき、その遺骸が城中不識庵に鎮祭されたが、二代景勝が会津を経て米沢に移封された際に、祠堂を米沢城内に移した。明治となり、祠堂のまま神祭に改め、米沢藩中興の上杉治憲（鷹山）も合祀して、上杉神社とし、県社に列した。明治三十五年（一九〇二）、別格官幣社になったおり、上杉治憲は、隣地に、新たに摂社として創設された松岬神社に祀られるようになった。現神殿は大正十二年（一九二三）、米沢出身の文化勲章受章者・米沢市名誉市民で東京帝国大学教授伊東忠太の設計でつくられ、吉本が米沢高工在学時の昭和十八年には、社境内にあった青銅製燈籠・大鳥居銅板が戦争用地金として供出されている。社の立木も供出された。城址小丘高台から濠辺へ傾斜地が続き、春には池辺の桜花観賞を楽しむ市民も多い。

この上杉神社でのスキー特訓もさほど成果はなかったのか、府立化工時代の友人川端要壽によれば、昭和十八年の二月中旬、吉本はスキーの授業で足を挫き、学年末試験が終るとすぐに帰京していたと証言している。川端はそのとき、吉本をリヤカーに乗せて病院まで連れて行ったという（川端『堕ちよ！さらば――吉本隆明と私』）。

戦況の悪化と「新学校令」

昭和十八年に入ると、時局は学業途中の若き青年たちをも戦争遂行戦力の一部とみなさざるをえない段階にさしかかっていた。開戦から一年が経過した一月には戦時体制を増強するという趣旨のもと軍籍員数を増やすため、上級学校生徒学生の編入を目的として、大学、高等、専門、中学校令が全面的に改正され、それぞれ修業年限が六カ月間短縮された。高等工業学校を統監する「新学校令」は、第一条に「皇国ノ道ニ則リテ高等ノ学術技芸ニ関スル教育ヲ施シ国家有用ノ人物ヲ錬成スルヲ以テ目的トス」とされ、天皇中心の国家主義の下に規定、規則もこれに準じて改訂された。

その主な内容を列記してみると、

＊国体の本義に徹して皇国の使命を体得し、克く国家の重きに任じ、皇運を扶翼し奉る

べき材幹を錬成すること。実業教育を施す学校に在りては特に産業の国家的使命を自覚せしめ産業報国の精神を体得せしめること。

＊至誠尽忠にして敬神崇祖の念に篤く気節を尚び廉恥心を重んじ、気宇闊達にして進取の気象に富む指導的人物たるの性格を育成すること。

＊知行一体の学風を重んじ、実践的体験による学習を重んじ、特技特能を伸張せしめ、自発創造的研究態度を涵養すること。

＊全生活を通じて身心一体の鍛錬を重んじ、質実剛健の気風を振作し共同勤労を重んずる精神を作興すること。

＊修練は行的修練を中心として学科に依る教授を綜合的ならしめ学行一体心身一如の実を挙げ職域奉公の実践的性格の陶冶に力むること。

＊修練は心身鍛練、勤労作業、研究修養、生活訓練等に関し、定時若しくは適時に之を課するものとし、学年暦、週課及び日課を編成すること。

＊修練は全校組織又は部班別組織により之を行い必要により学年級別組織を活用すること。

＊学校長を中心とし、全校教職員一体となりて之が指導に当たると共に生徒をして積極的に活動せしめるを旨とし、生々潑剌たる修練体制を確立すること。

＊修練の実施には特に学校の特色、生徒の体位及個性等に留意し、実施の適正を期すること。

となっている。

学校はいまや〝戦う学園〟〝学園即兵営〟という決戦体制にしっかりと組み込まれつつあった。いわゆる二十四時間錬成が推進され、体練の面では野球、庭球、排球その他の欧米生まれの「敵性スポーツ」、「軟弱スポーツ」が排され、国防訓練に重点が置かれるようになった。

米沢高工に戦時色濃い城壁乗越班、銃剣術班、射撃班が新設されるのもこの年のことであった（『五十年史』）。城壁乗越班は放課後、講堂の西側の草地に作られた城壁を武装して乗り越える訓練で、容易なものではなかったが、生徒たちは訓練が終わると、むんむんする草むらに腹這いになって雑談に花を咲かせた。銃剣術では同級生の会津中出身の二人が決着のつくまで、いつまでも戦いあっている姿が今も目に焼きついて残っていると吉本はいう。その二人というのは、現在俳優として活躍中の佐藤慶の実兄の佐藤健一と、熊川澄である。吉本は二人に会津土着の個性を見た。

戦況は転機を迎えていて、二月一日、日本軍はガダルカナル島から撤退のやむなきにいたっていた。軍部はこの敗退を「転進」と発表し、国民はそれに疑いを抱くことなく、総動員体制にむかってつき進んでいた。山形でも、三月二日付の『山形新聞』には、「一段と強化　米高工報国団」という見出しで、「米沢高工報国団では結成以来三年になり旧校友会時代の残滓も払拭され、漸く活動は軌道に乗って来たので十八年度は団本来の使命に向かって邁進し団の精神に即して団員の情操の醇化、知的能力の陶冶に力をそそぐこととなり、来月新入団員を迎えるに先立ち、目下各班で立案中である」という記事が掲載されている。学園内の戦時体制はいよいよ本格化していくのであった。

それでも、学園生活はまだそのほんらいの姿を失ってはいなかった。二月、一年次学年末テストが実施され、吉本は左記のような好成績であった。

体操　七六点　　英語　九三点　　独逸語　九七点　　数学　八二点

物理学　八一点　　製図　六九点　　無機化学九〇点　　有機化学　八三点

分析実習　八三点

合計　七五四点　　平均　八四点　　席次　六十人中四番

吉本はテスト前は連日徹夜で猛勉強している。同級生に奈良岡という医師の子息がいて、彼から粒状の薬をもらい、それを飲むと頭が冴えて勉強がすすむので、そのまま睡眠をとらずに登校してテストを受けたという。テストが終了すると、すぐ寮に帰って眠り、夜起きてまた徹夜で勉強をするという毎日だった。

正気荘に入居していた応用化学科の一年生は、前年秋に応化寮と親和寮とに別れ別れになっていたが、三月に入って、旧交を温め合おうということになり、米沢市西郊の小野川温泉の旭屋旅館で、てんでに借りてきた衣装を身につけて仮装コンパを行っている（五〇～五一ページ参照）。吉本は与太った不良風の労働者の格好に扮したが、他の寮生は、画家あり、軍人、牧師、丹下左膳、看護婦、花売り娘、虚無僧ありといったぐあいで、賑々しい集まりとなった。寮生のひとり戸田源治郎は、米沢高工隣りの林泉寺から、僧衣を借りてきて参加したという。なお、このとき、正気荘で生活をともにしたグループは、日常、黒いマントに身を包んでいてちょうどカラスのようであったので、またカラスはカラスでも、牙をむきだしたカラスのようだったということで、「鴉会」と命名された。

三月二十三日、昭和十八年度の米沢高等工業学校の入学試験が実施された（三月三十一日、午後六時半合格発表）。募集人員三百七十名に対して志願者は一千九名、工学技術系という時勢からの期待と、官立で授業料が安いということで、前年度よりも応募者は三十三名多かった。四月十二日、昭和十八年度米沢高等工業学校入学式が挙行された。入学して丸一年が過ぎ、吉本は学校はもとより地域にも、自然環境にも慣れてきて、第二学年に進級した。授業内容は次の通りであった。

体操　英語　独逸語　物理学　製図　理論化学　酸アルカリ及肥料
燃料乾餾工業及染料　繊維化学工業及火薬　澱粉砂糖及醸造　鉱油香油及護謨

姉政枝のこと

四月十八日、戦局の暗転を象徴する悲劇的な一報が大本営をかけめぐった。国民の人望を集めていた連合艦隊司令長官山本五十六がソロモン群島で戦死したのである。

六月五日、山本元帥の国葬がとりおこなわれたが、この悲報に寄せて、吉本の姉政枝は

双手つき額たるるのみ既にして　神のみ名なる　山本五十六

と詠んでいる（『短歌詩人』昭和十八年八月一日発行、第十二巻第八号掲載）。

政枝は大正十一年（一九二二）七月二十二日に生まれ、月島第三小学校高等科を卒業後、タイピスト女学校に学び、石川島造船所に勤務した三つ歳上の姉であった。昭和十四年十一月、胸部に疾患のあることがわかり、東京府南多摩郡多磨村（現・府中市）の厚生荘療養所で療養生活に入ったが、終戦後の二十三年一月十三日に亡くなっている。幼年時代、吉本はこの姉から唱歌やいろいろな遊びを教えてもらったという。彼女は短歌同人誌『短歌詩人』（のちに『龍』）に参加して自分の作品を発表、また歌誌『八重垣』にも投稿している。歌風は万葉調であった。

吉本は、この姉の死を悼んで、次のような文章を書いている。

▲吉本家の人びと。左から隆明、父・順太郎、弟・富士雄、長兄・勇、妹・紀子、母・エミ、次兄・権平（田尻姓）、円内は姉・政枝。

「無類に哀切な死を描き得るのは、無類に冷静な心だけである。転倒した悲嘆の心では如何しても死の切実さは描き得ない。是のことは書くといふ状態に付き纏ふ逆説的な宿命である僕には恐らく姉の死を描くことは出来ないし、況して骨髄に感得することなど出来はしまい。

姉は哀しまうとすれば無限に哀しいやうな状態で死んだ。一月十三日既に危ない病状を悟つて電報を寄せた。母に看護を頼んだのだ。

その夜病勢が革まり、母が翌朝駈け付けた時には最早空しかつた。氷雨の降る夜、母の面影を追つて唯独り暗い多摩の連丘を見ようとしてゐたのかも知れぬ。僕にはもう判らぬのだ。だが判らぬままに、悲しみとも憤りとも付かぬ強く確かな感じが僕をおしつけて来る、近親の者が死んだとき必ず僕にやつて来るあの感じが。昔はその感じに抵抗し、藻掻いた、けれど今はそれに押し流されるままでじつとしてゐる。僕の心の鐘が曇つたのかも知れぬ、或はそうでないのかも知れぬ。

僕は十四日姉の相にもう一眼会ひたくて多摩の小道を歩んでゐた、丘辺の療養所の赤屋根が、樹々の陰にちらちらする頃氷雨が上がり落日が血のやうに赤く雲の裂け目を染めてゐた。突然明日は晴れるに違ひないといふ意識がやつて来て、この天候がもう一日早かつたら姉は死なずに済んだのにと思つた、何故そう思つたのか今でも判らぬ、けれど確かに僕は信じたのだ。薄く化粧してゐた姉は美しかつた、清潔であつた、僕が想像し、そして最後の訣れがしたいと欲してゐたその面影よりは隔絶して美しかつた。僕は大層安らかな心になつた、僕が姉の死について書き得る、今はこれが全てである」（「姉の死など」）

「聖戦」への奉仕と賢治への傾倒

七月、米沢高工では「暑中休暇」を返上して、「聖戦」に奉仕することになった。一、二年生は米沢、山形両駅で実習勤務し、修得した専門技術を戦時輸送に役立て、この一週間の勤務が終わると、次は学園農場で毎日食糧増産に挺身した（『六十五年史』）。軍事教練では米沢市南郊の関根・普門院への半日行軍、徹夜の置賜《おきたま》（米沢市を含む県南部の地域）一周行軍のほか、米沢市東方にある八幡原飛行場の営舎（グライダー訓練用）で一泊訓練を受けている。戦時教育を施されていた当時の学生気質から、「学生勤労義勇軍」なる団体も結成され、学期末の休暇を利用して勤労奉仕に出かけている。

このころ、閣議は「科学研究─緊急整備方策要綱」を決定（八月二十日）、大学その他の科学研究は戦争遂行を唯一絶対の目標とすべきこととされた。また文部省からは「学校防空指針」が示されている（九月十二日）。この「指針」により、民間の防空と緊密な連携のもと、学校も国土防衛に積極的に動員されることになる。米沢高工内にも地元民と連動する形で、航空科設置運動が展開されている。

九月二十六日　米沢高工の昭和十八年度卒業式が挙行された。卒業生は二八九名であった。

十月十二日　閣議は「教育に関する戦時非常措置方策」を決定、理工科系および教員養成科系諸学生の徴兵猶予を停止、義務教育八年制は無期延長、高等学校文科の三分の一減、同理科の増員、文科系大学の理科系への転換、勤労動員は年間三分の一とする旨が決められた。そして同二十一日、文部省と学校報国団体本部は徴兵延期停止によって出陣する学徒を鼓舞し全国民に若人の意気軒昂を示威する目的で、壮行会を明治神宮外苑競技場で挙行している。参加校は東京近在七十七校の学徒で、雨中の劇的な分列行進であった。

このころ、応化寮のすぐ南にある南部国民学校（現・米沢市立南部小学校）では、校庭で式典やイベントが開催されるたびに、生徒たちは「最上川」を唱った。これは、昭和天皇が皇太子時代の大正十五年（一九二六）一月八日の宮中歌会始（御題「河水清」）のおり、最上川を主題に、

　　廣き野をなかれ行けとも最上川　海に入るまて濁らさりけり

と詠んだ歌をもとにしたものであった。前年の山形行啓のさいに作られたもので、昭和五年（一九三〇）、当時、東京音楽学校教授の島崎赤太郎によって曲がつけられた。それから半

最　上　川

mm. ♩＝76.
mf
ひ ろ き の を な が ー れ ゆ ー け ど も も
f
mf
が み が ー は も が み が ー は う み ー に い
un poco ritard.
る ま で に ご ー ら ざ り け り に ご ら ざ り け り

世紀が過ぎた昭和五十七年（一九八二）、この「最上川」は山形県の「県民歌」に制定されている。吉本は米沢高工生の時にこの歌を聞き、哀調をおびたメロディがよほど印象深かったらしく、今では彼のカラオケ（アカペラ）のレパートリーのひとつとなっているという。ただし、吉本がこの歌詞が昭和天皇の和歌をもとにしていることを知ったのは、ずいぶんあとになってからのことであった。ちなみに当時の米沢市民は、吾妻連峰に源を発し、米沢盆地を北流するこの川を「最上川」とはいわず、「松川」、「羽黒川」と区別して呼んでいた。

秋になると、吉本はますます宮沢賢治に傾倒していった。応化寮での吉本は、自分の部屋の天井に墨筆で書いた「雨ニモ負ケズ」の詩を貼りつけ、日夜眺めていた。また賢治の描いた「姫神山と太陽」の絵を模倣したりした。また賢治の詩には他の詩人と異質なものを感じていた。その作品は、みずからの詩への、また人倫への希求を充たしてくれ、その生き方の倫理的内容、自然観、宗教観は文芸を超えた人間理解の衝撃を吉本に与えて、いつかは賢治のようになりたいと思うようにさえなった。

賢治の詩には、稀有の壮大な宇宙感覚と高貴な生活と、肯定精神を掲げて東北の青暗い風物のなかで深浄な輪廻の舞を舞った一個の魂が脈打っていた。それまでの日本のどの文学にも見られない科学性、それは賢治が、人ではなく、自然を師として自己の世界を、社会さらには宇宙にまで拡大していったことから生起してくる独創性であった。

吉本は、賢治詩に心引かれてゆく一方で、賢治の「農民芸術」論にも注目している。賢治の描いている農民芸術とは、宇宙感情の、地、人、個性と通ずる具体的表現であった。人生と自然がすべて舞台であり、そこでいとなまれるあらゆる生活、そこに生ずるあらゆる現象はすべてキャストなのである。こうした賢治の主張に強く共鳴しながらも、吉本はその一方で、賢治の農民芸術論のなかに、別の側面を感じとっていたのである。その芸術論が上は天子より下は農民や乞食に至るまで、豊かな感受性をもって自然にとけ込み自然を詠う、いわゆる「働きながら遊びけるかな」の境地に無意識のうちに達している、と考えていた。吉本は、そこに「社会主義的日本主義」、すなわち「一君万民」を理想とする農本主義的世界を見いだし、共感を表明している。大東亜解放の「聖戦」を信じて疑わなかった、この時期の吉本の位相をよく物語っているといえよう。

賢治への傾倒は、吉本をして花巻にある賢治の詩碑を訪れさせることにもなった。その途次、吉本は府立化工時代の同級生で、東北大学金属研究所に勤務していた横山錦四郎宅（仙台市）を訪ね、夜二人で仙台の一番丁街を散策し、彼のもとに一泊してから翌朝早く東北本線で花巻に向かった。花巻に着くとすぐ、駅前の巡査派出所で花巻共立病院に行く道をたずねている。病院長佐藤隆房の、「宮沢賢治」という随筆を新聞で知っていたからであった。佐藤に面会を申し入れたところ、看護婦から午後二時なら面会が可能であるという返事をもらい、それまではまだ時間がたっぷりあったので、ふたたび派出所で賢治関係の遺跡を尋ね、生家を訪ねた。同家では弟の清六と思われる人に会い、遺跡や黒沢尻（現・北上市）に行く道筋を教えてもらった。後年、吉本研究の第一人者川上春雄氏が清六にこのことを尋ねたところ、吉本の訪問のことは憶えていると語ったという。結局吉本は病院を訪問せず、詩碑やイギリス海岸などを見学してから黒沢尻駅まで歩き、汽車で帰寮している。

第五代校長森平三郎就任

十一月四日、米沢高等工業学校では大場成実校長が退任し、代わって第五代校長として桐生高等工業学校教授の森平三郎が就任した。

森は大正十二年（一九二三）、東京帝国大学工学部機械科を卒業して桐生高等工業学校教授となり、紡織科長も経験している。歴史学者羽仁五郎の実兄であった。この森校長の人柄については、応用化学科昭和二十年卒（吉本の一年下）の大橋弘保が「戦争末期の学生生活」と題して次のように書いている。後掲の吉本の森評と対照してみると、まことに興味深い。

「森校長を母校にお迎えしたのは、この年（昭和十八年）の秋も深まった頃のことである。全校生を講堂に集めて着任の御挨拶を行なわれたのであるが、その時の御挨拶の中で、『わたくしは型破りの校長しかやれません』といわれたのに対し、学校側を代表して、大高先生が『型破りで結構であります』とお答になられたのを興味深く伺い、この型破りというのはどういうことであろうかと期待していると、まず校長室のドアに『ノックなしにお入り下さい』というはり紙を出されたのにはびっくりしたものである。爾後、僕などは、図々しくも、はり紙通りノックもせずに部屋に入りこんでは種々御高説を伺い、卒業した後までも長く御薫陶を賜り、大いにこの『型破り』の恩恵に浴したものである」（『五十年史』）

一方、吉本は森の印象をこう語っている。

「冬休みに、勤労動員の仕事をサボって早めに東京の実家に帰っちゃったということもありました。冬休みが終わり、正月になって学校に出ていったら、『全員、講堂に集まれ』っていわれるわけです。講堂には学長に次ぐ立場の教官がいて、その教官から『お前たちの中で、勤労動員の仕事をサボって実家に帰った者がいる。そんなけしからんことをするから、日本国はダメになっていくんだ。身に覚えのある者は、前に出てこい』と、一喝されてしまいました。それで、仕方がないから、僕ら二〇～三〇人くらいの学生が、ゾロゾロと前に出ていく。そこで説教をされるのかと思ったら、そうじゃありませんでした。もっと嫌なことになっちゃいました。

米沢高等工業学校の学長が、講堂の壇上から『これだけサボる学生が出たのは、私の責

▶森　平三郎校長＝明治二十四年、桐生市に生まれる。同四十五年、東京高等工業学校を卒業、その後、一高を経て大正十二年、東京大学工学部を卒業、東京モスリン紡績株式会社に入社。大正十五年、桐生高等工業学校教授、そして昭和十八年十月、米沢高等工業学校長となった。昭和二十七年七月、山形大学工学部長、同二十八年十月、学長に就任、昭和三十年まで勤務した。

▶吉田土佐次郎教授＝明治十三年、佐賀県に生まれる。同四十年、京都大学製造化学科卒業、陸軍技師を経て大正三年、米沢高等工業学校教授となり、「土佐公」のニックネームで学生から慕われる。昭和十八年十二月二十日、退官する。この間、米沢スキー連盟の創立に尽力、初代会長となる。教壇を去ってからは、郷里の佐賀に帰り、晴耕雨読の余生をたのしんだという。享年七十四にて死去。

◀佐藤　誠教授＝大正二年、茨城県水戸市に生まれる。昭和十二年、東京工業大学電気化学科卒業、大日本製糖株式会社等を経て、同十六年十一月、米沢高等工業学校教授に就任。吉本が最初に米沢に来たとき、同じ列車に乗り合わせ、米沢高工宿舎まで案内してくれた青年教師。二十年五月～六月、航空兵として立川の陸軍航空隊、平塚の国際航空機工業株式会社に臨時召集。二十五年、山形大学工学部助教授。三十五年、教授。四十二～五十年、評議員。四十六～五十年、工学部長。五十四年、定年により退官。同年、名誉教授。

▶山沢ミの事務官＝九里裁縫女学校専攻科を卒業後、昭和十五年六月から昭和四十九年三月まで米沢高等工業学校、米沢工業専門学校、山形大学工学部に事務官として勤務した。当時の学生にとって、ある時は、応用化学科のマドンナ的存在、美しい姉、またあるときは優しい母のような存在であった。

任だ』っていうわけです。そして、学生のリーダーみたいなやつに向かって、『壇上に上がってこい』といい、その学生のリーダーみたいなやつを壇上に上がらせて、学長は『私を殴れ』っていうわけです。どう思います？　普通なら、『責任感のある素晴らしい学長だ』『偉い学長だ』ってことになるでしょうが、僕は『嫌な野郎だな』って思いました。

壇上で『私を殴れ』『私には殴れません』という押し問答が続き、学生のリーダーみたいなやつは、しまいには泣き出す。僕らは前に立たされ、これを見せつけられた。その嫌さといったら、もうたまらないんです。僕はついに嫌気の極致に達し、『話がある』っていって、あとで学長に文句をつけにいったんです。そしたら格が違うというか、『君のいうこともわからんでもないが、あれはあれでいいんだ』と軽くかわされて、二の句がつげない。おまけに、腰にブラ下げていた手拭いのことで、説教までされちゃいました。『君、そんな汚い手拭い、ブラ下げるなよ』っていわれてね」（『私の「戦争論」』）

大橋の回想からは申し分ない教育者森平三郎の像が浮かびあがる。たぶんおおかたの学生からは、森は型破りだが、開明的でリベラルなその人格と見識を好感をもって受け入れられたにちがいない。だがそのリベラルな言動がある種の権力としてふるまわれるとき、欺瞞・偽善と表裏するものであることを吉本は直観的に見抜いていたのである。ここには、すでに、権力や支配に対する抵抗のゆるぎない吉本の資質がかいまみえるように思われる。戦争はこの身で引き受けなければならないと自覚しつつも、吉本の無意識の感性は、それからは遠いやわらかさを内にはぐくみつつあったのである。

「米沢方言」の厚い壁

十一月十一日、米沢高工学生増産隊は五班に分かれ、米沢市泉町、大町、花沢、木挽町、土橋町の各工場で働いたり、泥田の暗渠化工事に従事したりした。戦争経済に直結する分野は優遇され、米沢高工で、機械科に加工学実験室が新築され、電気科では工場が増築されたのもこの頃のことであった。

当時、寮内では飯を他人に食べられてしまうといったこともひんぴんと起こるほど食生活は貧しかった。吉本はとにかくドンブリ飯を腹いっぱい食べてみたい、という欲望に駆られ、寮生仲間と一緒に、近郊の農家に米を買い出しに出かけたりした。吉本は思いがけず、そこでどうしようもない言葉の厚い壁にぶつかる衝撃的な体験をした。

「すでに高学年だから市街地なら米沢方言もわかるようになり、場合によればじぶんでも使える気分になっていたが、郊外の農家の言葉がまるでわからないのだ。お米をゆずって下さいというこちらの言葉はどうにか通じて、袋に入れて持ってきてくれた。

つぎにいくら支払ったらいいかという主旨を、お金をいくら、からはじまって、さまざまな言いまわしで尋ねると、その都度何か返事があるのだが、皆目わからないで、押し問答がつづいた。しまいにこちらが適当だとおもう金額を押しつけて、ほうほうの態で逃げるようにひきあげた。おれは米沢弁がわかるようになったぞとおもい込んでいたので、この体験はたいへんショックだった。

皆目わからない方言はありうるのだ。この体験は方言の違いと異種族（異民族）語とは地続きなのだという後年のじぶんの言語認識に影響をあたえた。東北弁というのは東北語であり、鹿児島弁というのは西南語だといってよい」（「お米挿話」）

米沢で生活している人びと（当時学生たちは「ザワ衆」とよんでいた）との接触はあまり多くはなかったが、それでも吉本は「米沢弁」を理解できると思っていたのだ。その思いこみがみごとに打ちくだかれたわけで、吉本はそのとき、言葉というものの本質、言葉というものの根源的な意味について何かを感じとったにちがいない。言葉が通じないということは、その地の人びとと吉本がもっている感情、意思を通じあわせることができないということであり、言葉の壁は、ひとつの地域の人びととひとつの地域の人びとがまったく独自の共同観念（幻想）のもとに生きているという現実を吉本に実感させるものであった。吉本が言うように、後年の吉本の言語、共同幻想論、南島論、天皇制の起源等についての考察は、ここに直観的な出発点をおくといってよいのかもしれない。

「書く」という営為の訪れ

そして、秋から冬にかけて、米沢高等工業学校同期回覧誌『からす』が、また米沢高等工業学校校友会誌『團誌』が刊行された（「からす」という名称は、先にもふれたように、黒いマントをはおって、街を闊歩する学生たちのその姿がからすに似ていたということから、名づけられた）。十九歳になった吉本もこれに積極的にかかわっていく。「自意識が作る空間の拡がりを充たそう」とする「書く」という営為が訪れつつあった。はたして話し言葉をとおして人と理解しあうことは可能なのであろうか、また混沌として未成な自らの内面を人につたえることはできるのであろうか、そんな疑問が内側から芽ばえてきたとき、「書く」ことへの執着が始まったのだ。そうした意識の訪れについて吉本は次のように書いている。

「お互いに嗅ぎわけた同類どうし談合をして、学校の教室に備えつけられたガリ版や事務室から借りてきた臘紙と鉄筆で、それぞれ書いた原稿をガリ版で刷り、とじ合わせて雑誌を作った。じぶんが書いたものをガリ版で刷ったうえで眺めるのは、なまのじぶんとは疎遠な第二のじぶんを眺めるようで愉しいものだったが、それより放課後の人っ気のない教室で、喋る言葉のもっと奥ふかくが、ここでは通じているのだという雰囲気でガリ版の紙をとじ、束ねて、日が落ちるころまで居のこっている愉しさは、たとえようがなかった。思春期の特色は、まったく未知な他人の女性とのあいだにわかりあえるという雰囲気が、すこしずつひらかれてゆくエロス的な上げ潮の感覚にあるのだろうが、もうひとつあえていえば、暗黙のうちにメタフィジカルな同類のあいだに生みだされる了解の快楽とも言うべきものにあるような気がする」（「書くことで自意識の拡がりを充たした日々」）

次兄権平の戦死と戦争死の予感

この雑誌づくりの体験と自己表現の模索は、府立化工時代のそれとは微妙に異なっていた。吉本はすでに今氏塾での自由な読書体験に始まり、府立化工から米沢高工にいたる数年の間に、横光利一、太宰治、小林秀雄、そして保田与重郎などの文学作品に親しんできており、加えて米沢における最も大きな文学体験として宮沢賢治との出会いを経てきていた。時局の暗鬱な未来を予感しつつ、そうであればあるほど、吉本の自意識はみずからの存在の何たるかを問い、かつ表現する方途を求めずにはいられなかったにちがいない。そしてこの少年時代から青年前期への移行期にある吉本の自意識を特徴づけるものは、確実に訪れる戦争死の予感であった。

「内容は、はじめとおなじように、詩であったり雑文であったりした。また雑誌作りの味覚も材質もほとんど変わりがなかった。欲望もまたおなじだったが、こんどは上げ潮の感覚とはすこし違っていた。生にたいする寂寥感のようなものといえばよかったとおもう。生にまつわる原型的なものは出つくしたし、もうすぐ戦争死という感じ方があったので、死もまた鮮明なイメージとして登場した」（「書くことで自意識の拡がりを充たした日々」）

『初期ノート』に収められているこの時期の詩文は、いずれも吉本の「生にたいする寂寥感」でいろどられている。実際、死は吉本の身近なところで生起する現実として立ちあらわれてきた。昭和十八年十二月三日、次兄の田尻権平が、飛行基地隊長として台湾に赴任する途中、戦死したのである。権平が田尻姓を名乗るようになったのは、父順太郎の姉に子供がなく、幼児の時期から田尻の養子になることが決められていたからであった。権平もまた今氏塾で学び、安田工業学校に進学、在学中の五年間を級長で通したが、所沢の陸軍航空士官学校に進み、陸軍大尉として二十五歳の短い生涯を終えたのである。身内で一番近い兄であっただけに、その死の報は吉本に大きな衝撃を与えた。兄の死は自分の行く末にも必然的に訪れるものとしてとらえられた。この兄を追悼して吉本は翌年に刊行する処女自家版詩集『草莽』に、「謹悼　義靖院衛天武烈居士（権平の戒名）」と題して、「アナタノスガタノホン然ニ　イツマデモドコマデモ　合掌ヲササゲテヰマス」と記している。

また姉、政枝は権平の死を悼んでこう詠んでいる。

兄南方基地へ向ふ飛行中墜落す

喜びにうち躍りつつ出づ征きし　心にふれて又も泣かるる

鄭重なる部隊葬をうけて

短かかる命の果を輝きて　兄の一生の幸極まりぬ

一筋に誠に生きし廿五年の　いや果の命光り輝く

（『短歌詩人』昭和十九年三月一日発行、第十三巻第三号）

昭和十八年末、戦況は、中部太平洋のマキン、タウラ両島に米軍が上陸を開始し、十一月二十五日、両島の日本守備軍五四〇〇人は玉砕、ついに米軍は中部太平洋防衛線を突破している。そして十二月一日には「カイロ宣言」が発表され、米・英・中の三国は、日本に対する徹底的攻撃と、第一次世界大戦以来日本の委任統治領となっていた南洋諸島の奪還、満州、台湾などの中国帰属、朝鮮の独立などを宣言した。戦局そして国際情勢の悪化とともに、国内態勢強化方策のいっそうの徹底がはかられる。文部省は学童の縁故疎開促進（十二月十日）、また徴兵適齢臨時特例が公布・施行された結果（十二月二十四日）、徴兵の適齢は一年下げられて十九歳となった。

吉田土佐次郎教授退官す

十二月二十二日、吉本の応用化学科の科長で名物教授の吉田土佐次郎教授が退官した。同科昭和十六年卒の加藤進治は「さくらんぼの木の下で」と題する文で吉田の人柄をこう述べている。

「吉田先生は当時の応用化学科長で教頭でもあった。先生の独特な目でにらまれると、教授でも学生でも一応恐縮したものである。

わたくしは、対科競技があると、いつも、アジ講話をさせられた。（中略）つまらぬ演説を聞いてくれる吉田先生の真剣な顔をわたくしは永遠に忘れることが出来ない。教師が貧しい自分の意見を聞いてくれることは学生にとってどんなにうれしいことであるか知れない。わたくしが吉田先生から教えられて、現在までも忘れることが出来ないものは、繊維化学の学問でも、石炭ガス化学の技術でもなく、吉田先生からのあふれ出たあたたかいヒューマニズムである」（『五十年史』）

この吉田土佐次郎は米沢高工の名物教授といわれ、既述したように、米沢スキー連盟の創設にもかかわり、その初代会長（大正十三年十一月十五日～昭和四年十一月二十七日）であった。

▲各科対抗のむかで競走（校内グラウンドにて）。右から四列目の先頭に吉田土佐次郎教授。他の列も先頭はすべて教授陣。

▶綱引き競技の応援をする吉田教授。

▲吉田教授の授業風景。

◀踏み固められ、馬の背のようになって歩きにくい歩道をツルハシやスコップを使って平坦にする、三月末から四月初めの春を呼ぶ年中行事。吉本は中央あたりにいるという。

吉田の退官にあたっては、その去就があまりにも急だったため、応用化学科の生徒間で、いろんな噂がとびかい、一時は騒然としたという。

米沢高工はこの十二月二十六日から冬季休暇に入り、生徒たちは「自発的」に休暇を返上して、戦力増強策に協力することとなった。しかし、吉本はこれに加わらずに帰京している。交通費は自分の書籍を質草として盛文堂書店から金銭を借りて捻出したという。

こうして吉本は、二年目の冬も暮れから正月を家族のもとで過ごすことになる。先にふれた「勤労動員をサボって実家に帰った」二、三十人のひとりとして、講堂に集められ、一喝をくらった事件はこのときのことである。

昭和十九年（一九四四）

決戦時局下の年度末テスト

「十二月下旬、学校が冬休みになって東京へ帰ってくるときは、みぞれ混じりの雪がぱらつくほどなのに、冬休みがおわって一月半ばにまた学校へ戻ってくるときには、米沢の街は雪に埋もれ、街路の真ん中だけが人が通れるように踏み固められていて、街路わきの人家の軒さきには、うずたかく雪がかきよせられている。まるで別の世界にきたような感じになる。これには毎年おどろかされた。いたや峠を列車が越えると、べつの世界なのだ。一月と二月、吹雪の夜など街を歩いていると、地球が凍っているような底冷えと、灰色に一面に舞いおりてくる雪とで、ほんとに凄い自然があるのだと、つくづく感じさせられた」（「米沢の生活」）とはいえ、同じ東北とはいっても、米沢の雪は「灰色の雪」であり、寒さも宮沢賢治の「イーハトーヴ」ほどではなかった。「イーハトーヴ」の雪が、「白だか水色だか変にぱさくした雪の粉」であるのに対して、灰色をしている米沢の雪は、まだいくらか湿気が含まれている。「ぱさくした雪の粉にはそれさえなかった」（「賢治童話の風土」）。同じ東北でも、岩手と米沢では違う冬の風景なのであった。

昭和十九年一月八日、同校出身者で戦死をとげた「英霊」の肖像が校舎内の一室に掲げられ、慰霊祭が挙行された。それからは、毎朝、生徒の代表者が英霊に拝礼してから授業に入ることが決められた。やがて英霊を祀るため、校内に「御楯神社」が造営され、武勲を永く伝えることにもなった。それは「先輩につづけ」という決意を生徒たちに燃えたたせる一方で、いやがおうでもみずからの死が身近にあることを切実に感受させることになった。

十八日、閣議は緊急学徒勤労動員方策要綱を決定し、学徒勤労動員は年間四カ月、しかも継続して実施されることになった。

月末の三十一日には昭和十九年度の米沢高工入学志願募集が締め切られたが、定員三百九十五名に対して、志願者は二千四百名に達し、六倍強という開校以来の激しい競争率を示した。

二月四日、文部省は大学、高等専門学校の軍事教育強化方針を発表。航空訓練、機甲訓練、軍事学、兵器学、軍事医学の教習が義務づけられるようになると、米高工でも、軍事教官伊藤中佐による、前線勇士に劣らぬ猛訓練が始まり、陸軍少尉の肩書を持つ森校長も、すべての訓練の陣頭に立って、軍人精神を涵養し、生徒が戦場にのぞむ気構えで、各地の航空工業や重要兵器工業勤労作業に挺身するよう鼓吹したのであった。

森校長は、きびしい戦局に対して、「生徒と共に」と題する次のような所信を発表している。

「勝ち抜くためには航空機の増産、食糧の増産は最も緊急のことで学校も生産戦に勤労することは当然である。閣議で緊急学徒動員計画が決定し、本年は学徒の力を大いに生産戦の勤労に動員されることになったが、本校でも予てこのことあることを予期し着々と態勢を整えつつあり。既に政府の意を介して勤労作業に出動している。昨年は食糧増産に協力して春秋の農繁期に農村に出動したり土地改良の暗渠排水作業に泥まみれになって勤労に努め、一方実習出来るだけ勤労に動員し、決戦の年たらしめる決意である。生徒の熱意は素晴らしいもので教官も張り切っており、私も教官生徒と共に大いに働こうと意気込んでおります」（『山形新聞』二月六日号）

こうした決戦時局に即応するために、米沢高工に臨時工業技術員養成科が新設され、同科では電気通信技術を一カ年で修得することになった。

二月、第二学年年度末テストが実施され、吉本の成績は次のようであった。第一学年の年度末テスト結果とくらべ、席次は少々下がっている。

体操　七六点　英語　八四点　独逸語　九四点　物理学　六七点
製図　七一点　理論化学　八七点　酸アルカリ及肥料　八七点
燃料乾餾工業及染料　七九点　繊維化学工業及火薬　八八点
澱粉砂糖及醸造　七五点　鉱油香油及護謨　八五点　分析及実習　七四点
特別講義　七五点
合計　一〇四二点　平均八〇点　席次　五八人中　一〇番

妹紀子の思い出

おそらくは、学年末の休暇中のことであろう、吉本はこのころ、妹紀子の潤徳女学校（足立区千住）受験に付添って行っている。吉本の私家版処女詩集『草莽』のなかに「続呼子」という詩があるが、その中に賢治が妹トシを想って詠んだ詩になぞらえたと思われるこんな一節が見える。

「紀子　とうとうお前よ　わたしの妹よ（中略）（兄さんはお前の試験に付添つて行つてもどぎまぎしてろくに世話も出来ない朴念仁だつたがお前の合格の葉書は嬉しかつたな）（中略）紀子　どうか力一ぱい歩んでゆけ」（「続呼子」）

紀子は昭和六年（一九三一）二月十一日、紀元節の日の生まれであるから、七つ歳下の妹ということになる。現在は高橋姓、神奈川県津久井郡相模湖町に在住し、句集『青硎』がある。吉本は米沢から帰京するときにはいつも、妹のために人形や本などのお土産を買って帰るのが常であったらしい。妹の紀子は半世紀以上も前の兄のこの土産のことについて、次のように回想している。

「兄隆明は早熟でありました。世事について分別をもち、賢かったと思います。家族の間で相談事があるとき、隆明兄が『こうではないかな！』と言うと、皆が『うん、うん』と納得するという、不思議な力をもっていました。年齢より稚なかった私にとっては、家の中に親父さんが二人いたと思っています。

第一の親父さんは、子供達にとって、ただただひたすら慈父であり続けた本当の父。第二の親父さんは、抒情と論理性のようなものをゴチャゴチャにもっていて、優しく聳えていた隆明兄……。

兄が米沢に行っている二年間に、私は兄から『四つの贈り物』を貰いました。

（一）藁で編まれた丸い籠の中に、赤ちゃん人形が蒲団にくるまれて入っている、郷土人形、名前が知りたい。

（二）こけし人形。高さ四センチ弱。

㈢　ガラスケースに入った日本人形。

㈣　『銀河鉄道の夜』単行本、表紙は多色刷の美しいもの。

これらの贈り物には夫々に運命がありました。

㈢のガラスケースに入った日本人形は、私にとっては、ひどく興味がありまして、言葉で説明申しますと次のようになります。

右肩脱ぎ、あの遠山の金さんが、啖呵をきる時の桜吹雪の入墨の肌があらわになるというあのスタイルを思って下さい。それが、肌はあくまでも白く、乳房はこんもりと上品であり、乳首はピンクでちょんと描かれていました。右腕は、手に何かを持って高く掲げられ右足はトンと床を踏んで自然に足が高く上がるというそんな様子でした。

稚なかった私にも踊り人形だとは思いましたが、なぜ乳房を出しているのと、近年になるまで、その疑問は続いていました。

㈠と㈢の人形は、母の古い簞笥の上に飾られました。㈣の『銀河鉄道の夜』は、自由に空想してよいという、近年、俳句を始めた私にとっての、一つの規範となったものです。そして『銀河鉄道の夜』は、古い手作り風の小机のうえに置かれました。

昭和二十二年でしたか、キャスリーン台風が関東地方を直撃したとき、葛飾の、私の家が、大水害に見舞われました。徐々に水嵩を増してくる中を、母と私は必死に、着のみ着のまま親戚に避難しました。その時、母の簞笥が浮いてしまい、㈠と㈢の人形は水に浸り、その生を終えました。『銀河鉄道の夜』も水に沈みました。あまりの酷さに、後片付けに呼ばれなかった私は人形達の最後を見届けられませんでした。『銀河鉄道の夜』も、もしかしたら綺麗に洗えば助かったのかも知れない、などとウジウジ考えていました。

近年私は、『万葉集』以前の世の人々はどのように暮らしていたのか知りたいと思い、『古事記』を読み始めた時、頭を殴られたような衝撃を受けました。兄から贈られた㈢のガラスケースの人形は実は、天宇受売命「アメノウズメノミコト」ではなかったかと。

天の石屋戸にうけ伏せ、蹈みとどこし神懸りして、胸乳をかき出で、裳緒をほとにおし垂れき。ここに高天原動みて、八百万の神共に咲ひき。

これは、講談社学術文庫、『古事記』上（三）、「天の石屋戸」の一部を引用しました。兄が米沢に行っていた二年間に、『古事記』を読んでいたかどうかは別といたしましても、当時は「皇国史観」一辺倒の、神国日本と言われておりましたよね。

人形の世界でも、『古事記』の神話をテーマとしたものがあっても、不思議ではありません。とくに、「天の岩戸」の話は、ドラマティックで、文学的にも美しいと、私は思っています。

今は、『古事記』を携えて、かの人形作家辻村ジュサブローさんの門を叩き、この人物を表現して頂けますか、とお願い出来るとしましたら、どんなに嬉しい事かと思います。

私の頭の中には、ジュサブローさんの作風と兄からもらった、思い出の中の人形とがごちゃまぜになって、想像する楽しさを、今は味わっています。

最後になりましたが、㈡の小さいこけし人形、あまりにも小さいものでしたので、私の筆箱に綿を敷きつめて、鉛筆と一緒に寝かせて、いつも離さず持ち歩いていました。

こけし人形は、筆箱からいつしか化粧ポーチに居場所を替え、もう何代目かの化粧ポーチの中でルージュやらコンパクトその他もろもろの中を、ころころと転がっています。今しみじみ見ると、小さいけれど均整がとれていて美しく愛らしい。ただ六十年余りを過ごして来たので、所々ニスが剥がれています。兄も私もこけしも今はすっかり老いました」

米沢の四季と自然

吉本の日常を心なぐさむものにしてくれたのは肉親との親愛だけではなかった。

「東京では雪は珍しく、なんとなく子どもの頃をおもい出して、浮きうきした気分になったものだが、ここでは雪はひとに笑いを浮かべさせたり、愉しませたりするところは微塵もなくて、遊びなどこの世にないんだ、真面目にやれとすごまれているような気がした。おなじ雪がこんなに違うものなのかとはじめて合点した。だから三月のおわり、どことなく周囲がざわめき、あかるさがまし、天候がゆるみはじめると、ながい冬の蟄居《ちっきょ》から解き放たれる感じが、どんなに嬉しいものかもはじめて体験した。何かいいことがありそうな気分になり、春というのはこんなにもいいものなんだという実感がわいた。これもまた東京では切実でないものが、こんなにも痛切なのかというおもいにつながった」（「米沢の生活」）

開戦から二年余、暗鬱な非常時下とはいえ、このような小さな私ごとに心をやるゆとりは吉本にも残されていたのである。この年も、春はすぐそこに来ており、東北の自然は、時代とは無関係に、苛酷な冬のあとにはのどかな季節の到来を告げるのであった。

このときから数年を経て、みずからのアドレッセンスを回想した次のような文章を見ると、吉本の文学的、思想的な初期がこの自然につつまれ、照応するように、孤独ではあるが豊かな成熟をとげつつあったことがうかがえる。

「東京はだだっ広い関東平野の海辺に発達した街で、街の外れに山なみが朝晩みえるなどということはない。多摩地区まで行かなければ山なみは見えないのだ。街というものは、そんなものだとおもっていたが、米沢へゆき、そこに住むようになってはじめて、街の外れにはどこを向いても街路のはてに山なみが覗かれ、朝晩その山の姿に接しながら暮す生活があることをしった。

そして季節が移るごとに山の色合いが変化する。そればかりか一日のなかでも、時刻によっ

▲昭和 19 年 4 月 29 日、天長節の日、
学友とともに上杉公園にて。
吉本は後列左から３人目。

▼当時の上杉神社、一の鳥居付近。

▲天長節の夜、上杉公園の夜桜の下で。後列中央に吉本。

▼上杉公園にてコンニャクを食べながら。左から３人目が吉本。

て山のひかりと影、色合いが微妙に変化することにおどろいた。これが自然の景物なのだということがはじめてわかり、いまでも米沢の街をとりまく山なみの光景は、すぐおもい浮かべることができる」（「米沢の生活」）

吉本はまたこうも述べている。吉本が米沢の地に暮らしはじめてからまだ二年が過ぎたばかりであるが、東北の自然のなかの時間が、吉本の文学的感性を固有に育みつつあったことがわかる。

「東北の『自然』は、けつして巨きくもなければ、けわしくもないが、やはりその独特の風貌をもつている。うまくいいあらわすことができないが、それについては、東北の詩人、宮沢賢治が、詩作のなかに絶妙に定着している。一言にしていえば、動きやけわしさが、つぎの瞬間にはじまるかもしれないのに、それ以前に冷たく抑制している『自然』とでも言おうか。身をすりよせようとすれば、少しつめたく、怖れを感じさせるには、何となく親しい単純さをもちすぎているといつた感じである。街をとりまく丘陵から、その後方に並んでいる吾妻連峰にいたるまで、この感じはかわらない。また、幾度か、別の土地へもでかけたが、この印象はほぼ同一であつたとおもう」（「過去についての自註」）

そして、こうした自然のなかにとけこむような自己の解き放ちが、その後の吉本の人生においてどれほど大きな意味をもつものであったか、吉本自身、こう語っている。

「米沢の自然の印象は、そのあともわたしを随分たすけた。都会で育ったせいもあるかもしれぬが、色々な苦しいときに、日に幾度も色どりを変える吾妻連峰の山肌を鮮やかにおもいうかべた。人間と人間との入りくんだ心の関係、人間と社会との矛盾の奥深くのめり込んでどうにもならないとき、その風景の印象は、わたしの思考を正常さにもどしてくれた。これからもそうであろう」（「昭和十七年から十九年のこと」）

内面の苦悩と葛藤

吉本は時間を見つけては、一人で散策に出かけ、近くの山や、とくに学校の南方にある舟坂峠にはよく出かけたという。この峠は米沢市街地からは白布高湯温泉へ向かう途中の高台にあり、米沢市街が一望できる場所でもあった。

そしてこの時期、吉本は直接には戦争とは関わりの少ない文学作品の読書にふけり、詩人高村光太郎、宮沢賢治、作家横光利一、太宰治、批評家小林秀雄、保田与重郎らへの傾倒を深めている。

吉本は、たとえば光太郎の改訂版『道程』（昭和十五年十一月、山雅房刊）や太宰の『富嶽百景』（昭和十八年一月、昭和名作選集、新潮社刊）などを米沢市街の中心にあった盛文堂書店で購入している。文学はこの時期の吉本の唯一の自己解放の方途であり、この暗い状況を生きぬく心のさまよい場所でもあった。しかし、文学は吉本にとって、戦時下の逃避の場所だけだったわけではない。戦争死を宿命とされたこの時代を、自分はどう生きていけばよいのか。それをどう自分に納得させ、了解させればよいのか。文学への傾倒は、そうした自問と苦悩への応答を必死に求める内面のたたかいでもあった。

吉本は当時の自分をこう回想している。

「祖国は既に危機に突入し、何か巨きなものの迫力は私にキ然とした対決を求めずには居ませんでした　そのけはしい圧力は祖国の苦悩の象徴であつたかも知れません　唯日々に加はつてくる苦しさを受感して迷ひつづけました　私は明瞭にその覆ひかかつてくる胸苦しさの実体を把握することは出来ませんでした　しかしその巨きな力は、私たち学徒に生半かな理性や、自意識の交錯を捨てよと促してゐたのは確かであると思ひます　私は苦悩して自己のうちにある中世期的な理想も苦悩も夢も一切を切り捨てるために、刻々の若き日を費ひつつありました　宮沢賢治の手法を借りて、苦しい詩を書いたのもその頃だと記憶します　その頃私の関心は全て横光利一氏にかかつてゐました（中略）

横光氏の憂愁は私の憂愁でした　私達は夜の更けるまで寒い北国の街に、この憂愁を語り合ひました　実に惨澹たる日々に相違なかつたのです　併し私達若い世代は良くその苦悩の前に退くことを潔しとしませんでした　それは安価な自由主義の洗礼を受けてゐなかつた年齢的な利点であつたかも知れません　けれど私達にもインテリゲンチヤとしての精神の悩みはありました　そして一切の無用の悩みを捨てよと迫る祖国の促しの前に幾度か自明の苦悩をつづけたか知れません　唯私達の苦悩は人間性の問題を離れることはありませんでした　祖国はあくまでも個々の上にあり、私たちの悩みはそれへの帰一の道程に於て行はれたのは言ふまでもありません　私たちは映画を観ながら、その中にある転身の安価さを憤り、誰かこの祖国の苦悩の日に、悩みつづけるインテリゲンチヤの群像を描いては呉れないのかと悲しまずに居られませんでした

私はその後横光利一氏から保田与重郎氏に架せられた橋を見出だし、保田氏の古典と国史の発想の中に血路を求めてゆきましたが宮沢賢治が新たなる方向から光を投げかけて来たのは丁度その頃だと記憶してゐます

宮沢賢治には暗澹とした苦渋はありません　彼の作品には冷く鋭い感覚が自然の風物と交流し、途方もない空想と奇抜な大らかな構想は、精神の世界から離れた不思議な安堵さを感じさせました　私は彼にいこひの場所を見出し安オンの世界を想いました　青い灯が銀河系空間の中にぽつんと光つて居り、それは私たちを遠い異空間の幻想に追ひやつては浄化しやうとするのです　彼の持つてゐる非日本的な大らかさは私を安らかにさせました

彼の初期にはキリスト教的な甘美な感傷と大乗仏教的な青い諦念があり共に、暗澹たる心境をさ迷つてゐる私の心をひきつけます　斯くて私は宮沢的イデーの中に故郷を見出したかのやうでした（中略）

私は苦悩を背負ひ切れなくなつたとき彼のふところに帰つて行くやうでした　けれど彼は苦悩を解いて呉れる人ではないことを私は知りました　彼は苦悩などは無用のものとして遥かにしりぞけた肯定精神の故郷でした　彼は近代日本のインテリゲンチヤが当然通らねばならない精神の断層と自意識の錯交を通過しませんでした　私はこの事実も知らぬかのやうに唯その巨きな静かな光を慕つてゆきました　私の失望は当然だつたと言ふことが出来ます　彼は私に『そのやうな無用の悩みを捨てて来い』と言ふかのやうでした　彼の門はつねに開いてゐるのですが余りに高く到底私には這入れる門ではありませんでした　彼の『無用の悩みを捨てよ』といふ声は、祖国の『無用の悩みを捨てよ』といふ促しの声とはべつの方向から発せられたものでした（中略）

祖国の危機の日に宮沢賢治は一日も私の脳裏を去りませんでした　それは幾年かの暗澹たる日々と言ふことが出来ます　私の青春期初期の貴重な幾年かは宮沢賢治との連続的な格闘に終始しました

北国の美しい山河は祖国の苦悩とは無関係に春となり夏となります　私にはそれが時に

不思議に思はれてなりませんでした　同じやうな不思議は身辺に多く展開してゐました　それは余りに祖国の相貌が激しかつたからかも知れません　若しここに優れた僧侶があり祖国の苦悩を超越して悠々と閑日月を送つて自らを高めてゐるとしたら、若しここに美しい女性があり、祖国の苦闘をよそに、茶道や花道のあけくれにより国風の心髄を守りつつあつたとしたら、若しここに秀れた詩人があり彼が祖国の苦悩の日に、永遠の詩を描きつつあつたとしたら、それらは私の愚かな反問の一部にすぎません　私はそれらの人びとを尊ばずには居られないだらう

私にはそれらの矛盾を如何にすべきかが問題でありました　それは私自身の問題でもありました　私は現実には祖国に絶対の愛と力とを捧げてゐました　けれど私の心は祖国の苦悩の反映や、人間性の諸問題のために焦慮と混迷の極をさ迷つてゐました　私は永遠の問題を心に持ちつづけるべきか　その頃は既に個人としての私の前途は消滅してゐました　私はそれを当然と思つて悔む処はありませんでした　永遠の問題を持ちつづけてその途次に於て祖国の急に参ずべきか、或は一切の個を切りすてて、祖国に参ずることを終生の願とすべきか、究極に於て私の懐疑はそこにありました

宮沢賢治には祖国がない　けれど彼が日本の生んだ永遠の巨星であることは疑ふべくもありませんでした　彼の非日本的な普遍性に対して私は考へつづけました　それの解決は

私自身の直面してゐた種々の苦悩の解決に重要な部分を成すことは明らかでした」(「創造と宿命」《「宮沢賢治論」》『初期ノート増補版』)

おそらく、吉本にとって、いまや文学は、内面の生き死ににかかわる切実な問題になっていた。祖国の戦いから逃避することは許されない。そして、戦わねばならない戦いには、聖なる大義が与えられねばならない。戦争を鼓吹する論議も、文学もあふれかえっているけれど、戦いはただ、ひたすら逃避することのできない現実として遂行されねばならないのではないか。

吉本は、近代日本の知性のアジア的村落社会への回帰とその宿命的な悲劇を描いてみせた横光利一に、みずからの問いへの応答を読みとり、保田与重郎にいくばくかは日本的な心情の純化と論理的よりどころを与えられ、小林秀雄によっては、孤独に耐える冷徹な自立した個の意志を教えられ、太宰治からは、滅びゆくものへの共感を読みとった。そして、宮沢賢治からは、それまでにどんな詩人や文学者からも与えられたことのない、奇跡とさえいいうるような、自然と宇宙を自在に飛翔する想像力、宗教的な至高性、人間愛に満ちた文学世界をつきつけられた。とりわけ宮沢には、現実のあらゆる桎梏から解き放たれた大いなる自由と慰安を与えられた。吉本は、宮沢賢治に強く魅かれつつ、みずからの無意識をもさらわれていくかのようなこの惹かれ方を、ある種もてあましていたかのようにさえ見える。しかし、宮沢賢治の世界に全的にさらわれきってしまったら、眼前の現実、やがてくるだろう戦争死の宿命をどうみずからに納得させればよいのか。吉本は力をふりしぼって断定する。「宮沢賢治には祖国がない」。自分には祖国というものがある。吉本はそう自分に言いきかせ、そう言い切ることで、現実に立ちかえろうとしていたように見えるのである。やがて到来することになる戦争死の現実に対して、ほとんど苦渋のようにデスパレートな自己了解をつけようとするかのように。

進路の悩みと父の助言

四月一日、米沢高等工業学校は校名を「米沢工業専門学校」と変更し、学科統廃合の結果、吉本の属する応用化学科は化学工業科と改称されている。

授業も再開され、三年次に入った吉本は物理学、機械工学、電気工学、理論化学、電気化学、鉱物冶金及窯業、燃料乾餾工業及染料、繊維化学工業及火薬、油脂化学塗料及製革、特別講義を履修した。前年度に比べると、語学がなくなっている。いうまでもなく、時局を反映してのことであった。

すでに最上級生となった吉本は、悩んだすえにではあったが、卒業後の進路として大学進学を考えるようになっていた。しかし、当時の報国団などの学生幹部からは、上級学校への進学を返上して、兵隊に行こう、行くべきではないか、という提言がなされ、吉本の心情は揺れた。「戦争に敗けたら、アジアの植民地は解放されないという天皇制ファシズムのスローガンを、わたしなりに信じていた」（『高村光太郎』）以上、日米戦争の大義はうたがうべくもなく、みずからも戦場におもむき、次兄・権平と同じように、祖国のために一身をささげるのは自明のことであった。大学進学は、その自明を前提にしたうえでの選択であったが、彼ら幹部の倫理的な強制に対しては、吉本は「大学へ行って勉強するのも『お国』のためではないか」と反論したという。おそらく、それは戦場への道か、勉学への道かという択一の問題として吉本の前にあらわれたわけではない。戦争死は既定のもので、そこにいたるプロセスを内面においてどう折り合いをつけるか、どう自己了解するかという問題が、依然として吉本には切実な思想の課題でありつづけていたのである。それゆえリーダーたちには反論したものの、当然のこと、釈然としないものが残った。吉本は、実家に帰り、父に相談した。一兵卒として青島攻略（第一次世界大戦）を経験している父は、「男の子だから別に兵隊に行くのも悪くはないが、戦争というのは敵と遭遇して弾丸をうちあって戦闘をするみたいなことは少なく、塹壕で土砂に埋まったり、下痢で衰弱死したりして死ぬようなことが多いのだ」と語ったという（『私の戦争論』）。ある意味ではどうということはない、しかし、生活者の生の現実認識から率直に発せられるこの父の言葉によって、吉本のはやる気持ち、揺れ動く心は瞬時にさめ、とりあえずの自己了解を手にしたのだと思える。死にいそぐことはない。行きつくところは同じなのだ。問題はそこへ、どのようによりよく行きつくかなのだ。吉本はそう自分に言いきかせるように、進学への道に歩みだすことを決意したのである。

処女詩集『草莽』の刊行

五月、吉本は、米沢における青春を総括するかのように応化寮時代の習作を集成し、自家版処女詩集『草莽』を刊行した。

「わたしは、教官室の隣の部屋でガリ版を切り、それをとぢて二十部たらずの詩集をつくつた。それが『草莽』であり、（中略）少数の知人たちが懐ろにして、郷里へ、動員先へ運んだはずである。ここには、さきにわたしに影響を印したと述べた文学者たちの思想と手法とが、色濃くかげをおとしている」（「過去についての自註」）

『草莽』は内容、形態とも宮沢賢治からの影響が色濃いものである。作品の一篇一篇の頭にふられた「原子番号何番」という表記の仕方は、賢治の「作品何番」というものの模倣であり、先にふれた七歳下の妹紀子をテーマにした作品は賢治が妹トシを詠んだものの模倣である。『草莽』という表題は、いうまでもなく当時、吉本が傾倒していた保田与重郎が好んで用い

▶ガリ版刷りの吉本の処女詩集『草莽』の表紙。
▼表紙裏ページの序詞と一ページ目の戦死した次兄・田尻権平を悼む「謹悼義靖院衝天武烈居士」の詩。

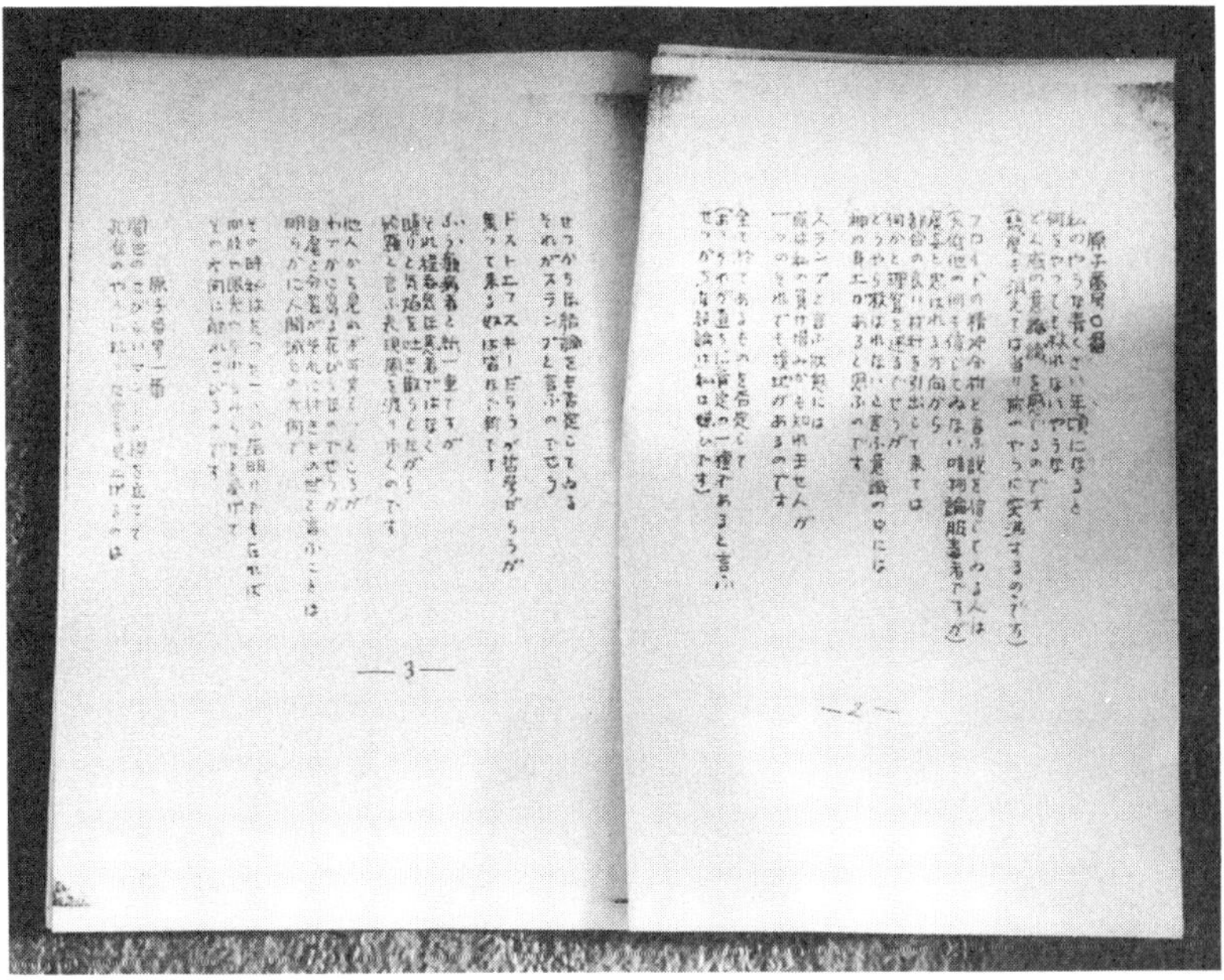

▲『草莽』２ページ目の「原子番号０番」の詩。

▼応用化学科卒業アルバム『流津保』の表紙とそれに寄せた吉本の「序詞」。

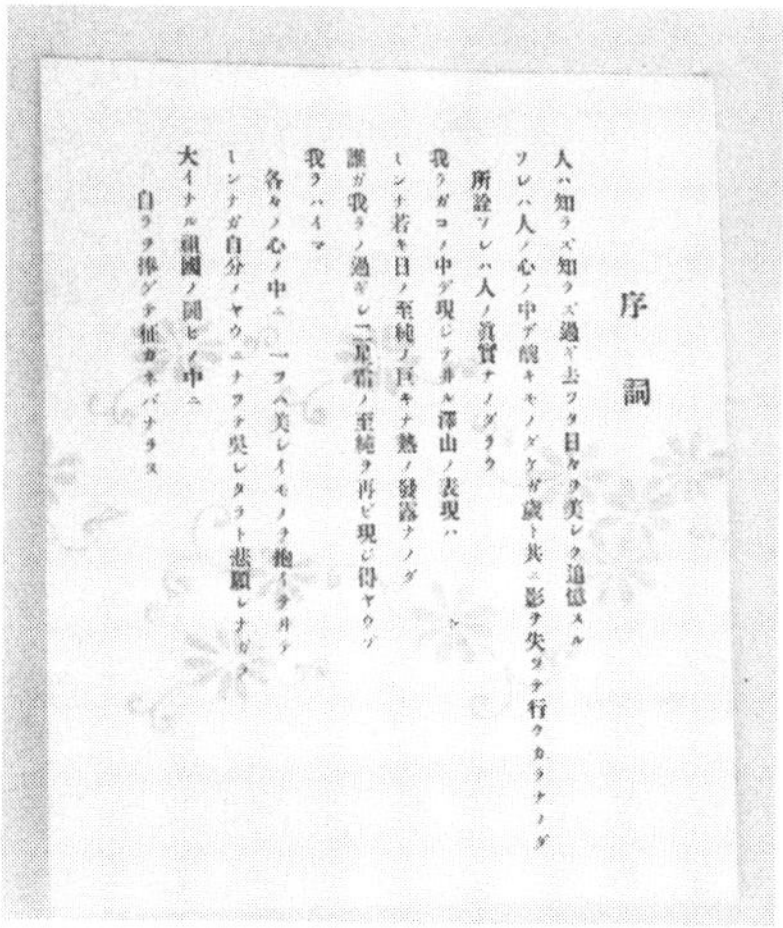

たことばで、「天皇陛下のためならば死ぬことさえもできる」と真剣に聖戦の大義を考えていた米沢時代の吉本の精神状況をよく物語っている。

この冊子の作成には、同級生澤口壽の多大な協力があった。ガリ版用の臘原紙や、印刷用紙の調達、ガリ切り、そして印刷を手伝ってもらっており、この小冊子の最後には「沢口寿君の親情を心から感謝す」と吉本は記している。当の澤口壽は「このように記したのはいかにも吉本君らしい」と述懐している。

今生の訣れ

三月に決定をみた学徒動員通年制が始まり、生徒たちは五月から、保土谷化学（郡山市）、中島飛行機（宇都宮市）、沖電気（福島市）、日本光学（東京）、皇国一八一四工場（宇都宮市）、鉄興社（酒田市）、住友通信（川崎市）、日本無線（東京）、東芝長井工場（長井市）等の軍需工場へ勤労動員されていった。

学友は、ひとりひとり動員先へと散ってゆき、そのまま兵営へおもむくものと、上級学校へ行くものとにわかれた。幾日おきかに少しずつ櫛の歯が欠けるように「今生の訣れ」の宴を張り、かつてはみぞれ空の下に心細く降り立った駅頭に学友を見送り、騒ぎ立て、喚き、帰り道は、悄然とうなだれて寮に帰るという日々がつづいた。

六月に入ると、米沢工業専門学校そのものが「学校工場化」され、重要兵器の製造にも取り組むこととなった。このような米沢工専の勤労状況について、『山形新聞』は六月三日号、六月七日号、六月二十日号にて、その健闘ぶりを報道している。

六月三日号には、「米沢工専の学校工場」という見出しで、「学校の工場化を素早く実現した米沢工業専門学校は学徒動員で生徒を送り出した後に東金、航空、精密三会社の男女工員が航空機部品の増産に機械と取り組んでをり一方工業技術養成所の生徒等は重要兵器の製作に精出し校内はあげて生産工場化してゐる」と報じ、同七日号では、「工場規律を誘導、睡魔を克服夜読書する雄々し技術魂・米工専」の見出しのもと、毎週水曜日と土曜日は二時間ずつの教授の講義と工場技術者の各課長の講義、そして教練が週三時間、工員とともに実施しており、休憩時間は研究討議、夜は読書と、工場内の規律が見違えるほどよくなったことを伝えている。

六月十六日、米軍Ｂ29爆撃機が初めて北九州を空襲し、いよいよ本土にまで戦火がおよぶようになると、米沢も学童疎開地の一つに選ばれる。東京城東区第二国民学校一七〇名が学童疎開第一陣として米沢市内の旅館の茜屋、高野屋、岩城屋、丸萬、吾妻屋、音羽屋、宝屋などに収容され（六月十七日）、第二陣として、豊島区大島第二（二一二名）・第三（四二四名）・

第四（二二二名）・砂町第二（五八三名）の各国民学校児童が到着（同十九日）、高岩寺、小野川温泉、赤湯温泉に収容された。

卒業記念アルバム『流津保《るつぼ》』に「序詞」を書く

卒業をまぢかにひかえた六月、米沢工専応用化学科卒業記念アルバム『流津保』編集委員会の求めに応じて、吉本は次のような「序詞」を書いた。

人ハ知ラズ知ラズ過ギ去ツタ日々ヲ美シク追憶スル
ソレハ人ノ心ノ中デ醜キモノダケガ歳ト共ニ影ヲ失ツテ行クカラナノダ
　所詮ソレハ人ノ真実ナノダラウ
我ラガコノ中デ現ジテヰル沢山ノ表現ハ
ミンナ若キ日ノ至純ノ巨キナ熱ノ発露ナノダ
誰ガ我ラノ過ギシ二星霜ノ至純ヲ再ビ現ジ得ヤウゾ
我ラハイマ
　各々ノ心ノ中ニ　一ツハ美シイモノヲ抱イテヰテ
ミンナガ自分ノヤウニナツテ呉レタラト悲願シナガラ

大イナル祖国ノ闘ヒノ中ニ
　自ラヲ捧ゲテ征カネバナラヌ

さまざまな地よりここに集いきたったわれらは、ほどなく、ここを去り、祖国のたたかいのなかに自らを捧げてゆかねばならない。しかし、その運命は、ここでの若き日の至純の思い出によって支えられる。ふたたびその時をくりかえすことはできないけれど、われらは心の中に熱く美しいそれを共有していると信じ、そして、そうあることを願うのである、と。

七月、三年次の学年末テストが実施された。成績は左の通りである。

　物理学　六八点　機械工学　九〇点　電気工学　九五点
　理論化学　八五点　電気化学　七〇点　鉱物冶金及窯業　八八点
　燃料乾餾工業及染料　七五点　繊維化学工業及火薬　九八点
　油脂化学塗料及製革　八五点　特別講義　七五点
　　合計　八二九点　平均　八三点　席次　六〇人中　五番

二年次より席次は上がり、その結果、三年間を通しての吉本の成績は、
　三年合計　一七四三点　平均　八三点　席次　五九人中　四番

であった。当然のことながら、のちの文学的、思想的な営為の出発点となったこの時期の、吉本のひそかな研鑽を評価するものはどこにも見当たらない。が、ともあれ、吉本はずばぬ

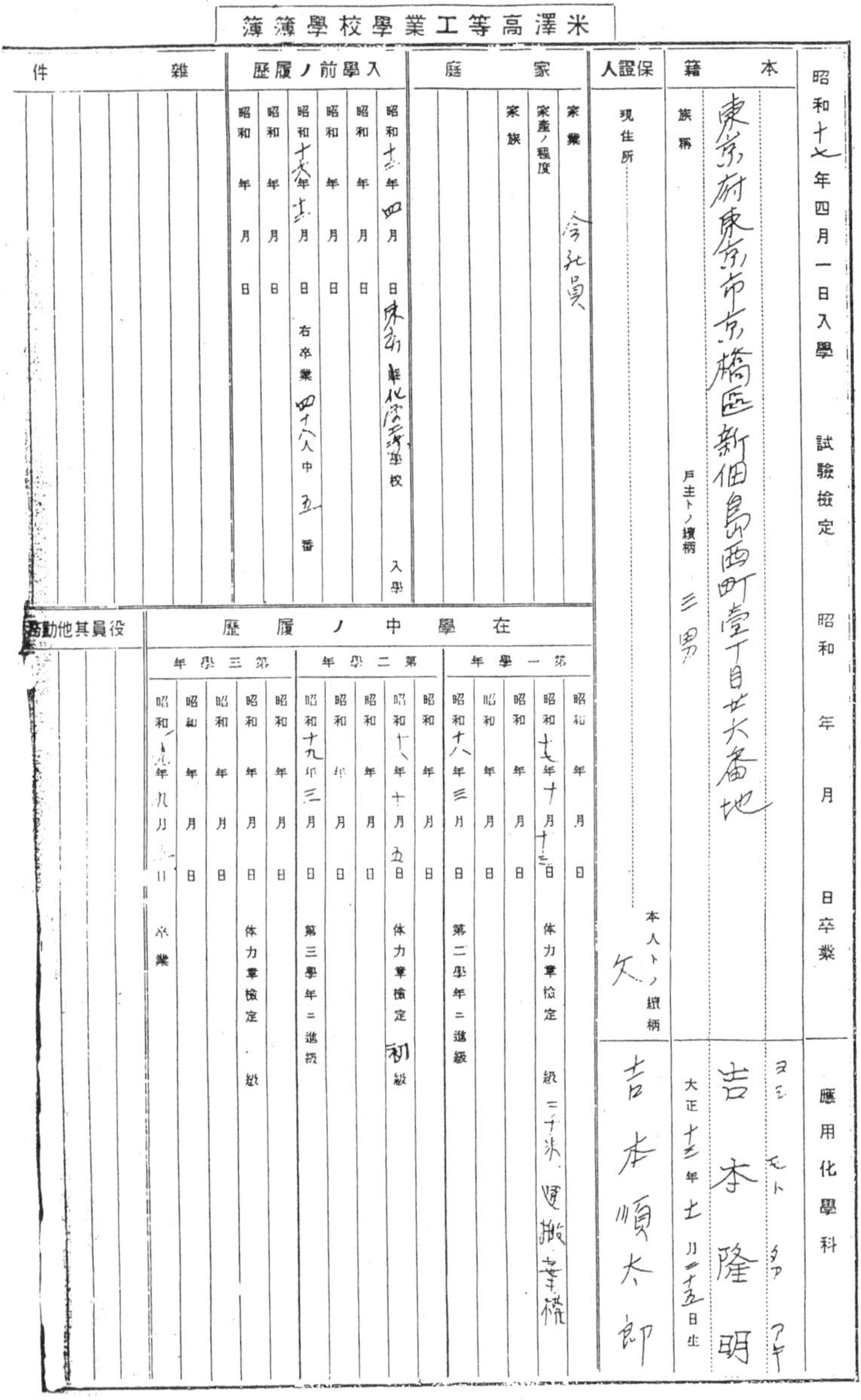
米澤高等工業學校學籍簿

昭和十七年四月一日入學
試驗檢定
昭和 年 月 日卒業
應用化學科

本籍
東京府東京市京橋區新佃島西町壹丁目廿六番地
族稱
戸主トノ續柄 三男
ヨシモト タカアキ
吉本隆明
大正十三年十一月二十五日生

保證人
現住所
本人トノ續柄 父
吉本順太郎

家庭
家業 会社員
家產ノ程度
家族

入學前ノ履歴
昭和十二年四月 日 東京府立化學工業學校入學
昭和十六年十二月 日 右卒業 四十八人中五番
昭和 年 月 日
昭和 年 月 日
昭和 年 月 日
昭和 年 月 日

雜件

在學中ノ履歴
第一學年
昭和 年 月 日
昭和十七年十月十三日 体力章檢定 級 ニナシ 運搬章検
昭和 年 月 日
昭和 年 月 日
昭和十八年三月 日 第二學年ニ進級

第二學年
昭和 年 月 日
昭和十八年十一月五日 体力章檢定 初級
昭和 年 月 日
昭和 年 月 日
昭和十九年三月 日 第三學年ニ進級

第三學年
昭和 年 月 日
昭和 年 月 日 体力章檢定 級
昭和 年 月 日
昭和 年 月 日
昭和十九年九月 日 卒業

役員其他勤務

▲米沢高等工業学校における吉本の学籍簿。

吉本隆明

學業成績

學科目＼學年	一年	二年	三年	合計
體操	76	76		76
英語	93	84		89
獨逸語	97	94		96
數學	82			82
物理學	81	67	68	72
工場實習 工業衛生 工業經濟 法制				
機械工學			90	90
電氣工學			95	95
製圖	69	71		70
無機化學	90			90
有機化學	83			83
理論化學		87	85	86
電氣化學			70	70
鑛物及冶金學			88	88
酸及アルカリ肥料		87		87
燃料乾餾工業及染料		77	75	77
纎維化學工業及火藥		88	98	93
澱粉及砂糖製造		75		75
油脂及製革化學			85	85
鑛油及香料油脂		85		85
有機化合物試驗法				
有機化學反應論				
分析及實習	83	74		79
物理實驗				
特別講義		75	75	75
總点數	754	1042	829	1743
平均	84	80	83	83
席次	4/60	10/58	5/60	4/59
教練合否				
論文				

出欠席狀況

種別	授業日數	欠席日數	欠課回數	遲刻回數
一年	二六四	一〇	六	一
二年	二七四	三	二〇	
三年				
合計				

人物評

性質	素行	志操	勤惰	言語及態度	運動	趣味及嗜好	長所及短所	教練所見	兵役	其ノ他
誠実真摯、質朴である			勤勉		水泳・排球・野球・卓球				甲種合格	

入學試驗成績

英語	60
數學	79
物理	95
國史	70
合計	304
平均	76
口試	甲
身檢	甲

中等學校内申人物評

性質	素行	志操	勤情	言語及態度	運動	趣味及嗜好	長所及短所	教練所見	賞罰	其ノ他
靖直	才び	堅實	五ケ年皆勤	確正、明晰	野球、水泳	文藝	友愛心、研究心ニ富ム	國軍幹部トシテ前途有望ノ好青年	五ケ年皆勤	生徒役員服務五回

身體檢査表

種別＼年次	年齡	身長	體重	胸圍	座高	榮養	脊柱	視力及屈折狀態 右	左	色神	眼疾	聽力	耳疾	齒牙	其他疾病異常	監務ノ要否	注意 本人ニ對スル	概評	備考	檢査年月日
一年	一八年	一七一・五糎	五六・八瓩	八三・〇糎	九一・〇糎	丙	乙	一・五	一・五	己	十三	乙	十三	三	十三					年 月 日
二年	一九年	一七一・九	五八・〇	八七・二	九一・九	丙	乙	一・二	一・二	乙	十七	乙	十七	三	十七					年 月 日
三年	年	・	・	・	・			・	・											年 月 日

けた成績とはいえないまでも、本質的にはまじめで、努力型の学生として、米沢工専での学生生活をしめくくった。その結果、大学進学のための卒業成績条件である、上位一割以内というラインをクリアし、無試験で東京工業大学に進学できることとなった。

八月十六日、日本海に面する念珠《ねず》ケ関（山形県）で、海洋訓練が実施された。また、米沢工専報国隊三十二名は、勤労成績優秀ということで、日飛工場より金一封を添えて表彰された。そして報国隊は、飛行機の翼の一端にと山形地方軍人事部に献金した（『山形新聞』九月十六日号）。

卒業と徴兵検査

九月二十五日、昭和十九年度卒業式が挙行され、吉本は米沢工業専門学校を卒業、帰京した。東京までの汽車賃は不要になったスキー道具、マントなどを下級生に売りつけて調達した。そしてこの年の秋、徴兵検査を受けている。吉本は検査のために、動員先のミヨシ化学興業（東京向島、この年の秋から翌年三月まで動員）から山形県西村山郡左沢《あてらさわ》（現・大江町左沢）まで出向いたのであった。徴兵検査では「俵かつぎ」がうまくできなかったのに、甲種合格となった。

「受けたら、甲種合格でした。ただ、大学の三年間くらいまではもつだろうとは思っていましたが、卒業して兵隊に行けば死ぬと思っていましたから、それ以上の人生は考えても

◀昭和十九年五月、動員を待つ間。ガスタンクの上で学友と。後列右から三人目が吉本。

▼校庭での軍事教練の後の学友たち。左から大沢俊行、村山貞雄、澤口壽氏ら。

いませんでした」（『遺書』）

卒業生たちは動員先から徴兵検査に出向き、検査を受け終わると、それぞれふたたび動員先へ、兵営へと散っていった。学業に打ち込むという雰囲気は、吉本自身のなかにも、周囲にもすでになくなっていた。

来るべき戦争死は自明の運命であった。だが、思想的に、また生活的にも何の責任も負っていなかったから、動員先の仕事はきつくとも、さほど苦痛ではなく、体験の拡大という意味では多くのものを摂取することができた。結構暇もあり、愉しくもあり、工場の労働者とも交わったし、さまざまな職人仕事のまねごとも覚えた。

どんな戦争や専制下でも、ひとは、それを体験しない者が考えているより、はるかに多くの自由をもっているのである。どんな「平和」のなかでも、絶えず不安と緊張を強いられることがあるように。

吉本も例外ではなかった。体験の対自的な思想化にいたるまで、敗戦を中にはさんで、なお自己にきびしい営為の持続と時間が必要であったが、吉本はひとまず、米沢での学生時代に別れを告げ、終戦にいたる一年ほどを動員先ですごすのである。

米沢以後

昭和十九年（一九四四）の夏が終わる頃に、東京・向島（墨田区）のミヨシ化学興業に勤労動員された吉本は、自宅（葛飾区・お花茶屋）から翌二十年三月まで通勤する。

昭和二十年四月、東京工業大学電気化学科に入学。四月か五月頃、富山県魚津市にある日本カーバイト魚津工場に動員され、ある中間プラントの組立てに従事。また徴用動員で埼玉県・大里郡の農村で働いたあと、ふたたび魚津の動員先にもどり、そこで終戦を迎えた。「聖戦」の理念を信じて疑わなかった吉本にとって、「敗戦」の衝撃は大きく、以後、大学に通いながらも孤独な文学的・思想的彷徨が始まる。聖書や資本論を読みふけり、ランボオやマラルメに傾斜し、仏典と日本古典に深く入りこんだ。これらの彷徨の過程で、ひとつの自己批判が訪れる。自分は世界認識の方法についての学問に、戦争中、とりついたことがなかった、と。経済学や哲学の読書を始めたのはそれからである。

戦後すぐに、自身の「書く」という行為として吉本の念頭にあったのは、戦争期から継続していた宮沢賢治についてのノートをまとめることであった。一冊の著書を宮沢賢治について最初にもちたいという吉本の願いは、種々の事情で実現しなかったが、その過程で出会った詩人と一緒に、二十一年十一月、『時禱』というガリ版の詩誌を始めている。そのなかに発表している「習作廿四（米沢市）」、「習作五十（河原）」、「習作五十一（松川幻想）」は米沢時代を回想した詩作であった。吉本の記憶の残像のなかには、東北の自然が強く焼きついていて、それがエアポケットにはまりこんだような虚無感のなかのわずかな自由であった。

同年十二月には『大岡山文学』復刊第一号に詩「花」、「飢餓」を発表している。

一行の詩も書けない時期、読書をしては独語をノートに書きつけた。それが宮沢賢治論をはじめ『初期ノート』の主要部を形づくっている。このノートのなかに、その後の吉本の思想的な原型は、すべて凝縮された形で籠められていた。米沢時代につづくその豊饒な初期から「吉本隆明」は出発していったのである。

吉本隆明氏に米沢高等工業学校時代を聞く

同席・郷右近厚氏

米沢高工進学の動機

これから、米沢時代の吉本さんについてお聞きしていくわけですが、その前提としていくつかおたずねします。小学校を卒業した吉本さんは、理系の工業学校へ進学するわけですが、そのへんのいきさつはどのようなものだったのでしょうか。

僕らの小学校は要するに佃島とか、月島とかいう島ですね。あそこは要するに、おかしな、いわゆる世間の脱落者みたいな人たちが住んでいるところでした。だから悪口を言う人は、東京の植民地だと言った。そういうところだから、僕らの小学校の先生なんかは、ここの小学校というのは、東京では一番程度が悪いと公然と言っていた。そういう学校でしたね。まあ、銭のある奴は一人か二人クラスにいるくらいで、あとはみんな、職人さんとか、魚河岸の人とか地元の鉄工所の子とか、職工さんとかね、そういう人の子どもが多かったわけです。

だから僕も家では、学校へ行くなら行かしてやるけれども、途中で経済的に駄目になるってこともありうるから、工業学校とか、商業学校に行け、そんなら行かせるというわけです。佃島小学校から一番近いのが、江東区にある府立化工という化学工業学校と、もうひとつは、府立実科商業学校なんです。このどっちかっていう感じでね、僕は化学工業学校に行ったわけです。しかし、僕らの小学校は、割合に成績の良い、その中では出来るというのでないと上の学校には入れないという、そういう程度の悪い小学校でしたから、そこから工業学校に行ったのは僕が一人、商業学校に行ったのが一人でね、中学校に行ったのが一人。中学校というのは、やっぱり近いのが本所にあって、芥川龍之介が出たところなんですけれども、第三中学校、いわゆる府立三中（現・都立両国高校）ですね。ですから上の学校に行ったのは全部でたったの三人ですよ。学年全体の生徒は六十人くらいでしたね。

吉本さんの幼少期にふれて書かれたもののなかに出てくる今氏乙治さんの私塾に通われるのは、このころですね。

僕の通っている小学校のレベルでは上の学校に行く望みが全然ないから、それだったら勉強しなきゃいけない、そういうところに行って勉強しなきゃいけないと父親たちが聞いてきたんですね。それで、お前、行けって言われて、たしか小学校の四年、五年、六年と行ったんですね。

どうして今氏さんのことを知ったかというと、僕の家の親父がそのころ、ボートや釣り舟を月島で造っていて、それで貸しボートの店を三軒か四軒、東京で出していたんですよ。深川の門前仲町というところのくろふね橋のわきの所にも貸しボートの店を出していた。そこに隠居のおじいさんが、釣り舟をひとつ持ってきて、そこに舟をつながしてくれっていうんで、いいですよということでつながしていたら、そのおじいさんの子どもが今氏さんで、うちの子どもが塾をやっているっていうんです。

今氏さんは早稲田の英文を出て、私塾をやっていて、小説家か学者になろうとしてたんだと思います。三十二歳くらいの人でした。後年、尾崎一雄が「暢気眼鏡」というのを『群像』かなんかに連載していて、青春時代のことを書いていたんですが、その中に今氏さんが、早稲田の高等学院のときに、文芸雑誌をいっしょに出していて、私塾かなんかをしているそうだと書いてあった。ああそうか、そういうことをしてたんだ、それで小説家になろうとしていたのかなというふうにあとで思いましたね。

今氏さんはそのころは小説は書いていませんでした。日夏耿之介が好きで、よく詩の話をしてくれたり、自分で英詩を訳して、そういうものを見せてくれたりしました。自分では何も書いていないけれど、なかなかの人で、勉強家っていうか、当時の工業学校ですが、とにかく最後まで全部教えられましたからね。化学はさすがに大変だったみたいですけれど、物理はちゃんと教えられたし、もちろん、自分の専門の英語は当然ですけれども、国語も教えてくれました。自分で塾をやるために勉強したんでしょうね。努力家であったし、スポーツもできる人で、野球なんかも上手でした。また水泳が得意で、そのころ月島のはずれの、ちょうど浜離宮とか聖路加病院とか、お台場とかの見える所で、三号地というんですけれども、その一番はずれの所に海水浴場があって、そこで土曜日なんか、塾が半分で終わりっていうときには、水泳の教師をしていましたね。僕らは自分で泳ぎに行って、海水浴場でよくお会いしました。水泳も大変できる人で、櫓から高飛び込みやって、ものすごくうまい。きれいなフォームで、みんな、泳いでいる奴が見とれるくらいのきれいな飛び込みをやってました。だから何でもできる人だったと思います。昭和二十年三月十日の東京大空襲のとき亡くなったのです。

吉本さんは府立化工から米沢高等工業学校へ進むわけですが、どういう理由で米沢を選んだのですか。

格好良く言うとね、要するに、年齢がそういう年だから、なんか親のところから、家から離れてみたい、どこかへ行ってみたいとか、一人で暮らしてみたいとか、そういうのがありましたね。それからもうひとつ、応化寮に屯していた人なんだけど、尾賀泰次郎さんという人と、それから野口賢次さんという人が、米沢に行っていて、母校の化工をたずねてきたことがあったんですね。そしたら、受験担当の先生から、お前ら、体験談を話せとか言われて、二人で進学希望者を集めて米沢高工の話をしてくれたんです。その話を聞いていて、ちょっと面白い学校かなと思ったんですね。尾賀さんは化工では秀才で特待生だったんだけれど、野口さんというのはそれよりも下のほうで、ちょっと与太っているみたいで、どうしようもないみたいな、おっかない人だった。できないというのではなく、頭のいい人でしたけれど、成績はビリから数えたほうが早い、そういう人でした。ところが、話を聞いていると、野口さんのほうが一所懸命勉強の話をするわけです。尾賀さんという特待生のほうは、酒飲みに行った話ばっかりしているんですよ。われわれ下級生のイメージと反対のことを言うわけです。だからひょっとすると面白い学校かも知れない、と思いましたね。そういう魅力も感じたんですね。もうひとつあげると、本当のところは、入るのに一番やさしかったんですね。公立、官立の高等工業学校の中では一番やさしいとされていたんです。室蘭とか、横浜とか、中部地方にある学校とか、米沢もやさしいといわれていた。だからあそこなら大丈夫だろうみたいなところもあったんです。たしか化工の四十五人くらいいるクラスで、僕は六番目くらいだったんですよ。学校の成績が。そうすると、もしかしたら推薦入学というのにひっかかるかなと思って、聞いたら、ひっかかるかも知れないという先生もいるからさ、じゃそれなら推薦で受けてみようということで受けたら、見事に落っこってしまったんです。それで一般試験で受けるよっていうことになったんです。

米沢に行くと言ったときに、ご両親からはどう言われましたか。

うちの両親は、いいよ、行け、行け、行ってみろと。親元から離れるのもいいことだから行ってみろって言ってました。でも、それこそ家は貧乏で、なんか、そういう意味じゃ、気の毒だなと思ったけれど、でも自分が行きたい、親元を離れてみたいということでしたね。

その先には大学工学部に進んで、ゆくゆくは研究者とか……。

いや、そういうことを思ったことは一度もないの。親としたら、今度もまた貧乏だからって、普通高等学校に行くんだったらやれないというわけです。もし途中で金がなくなっちゃって学校へ行けなくなったら、それまでだ。だから高等工業へなら行ってもいいという話だった。またそこを卒業したあとも就職してもよかったんですけど、また何となく、じゃまた工大に行くかということになって、工大ぐらいなら大丈夫だからという、そんな事情でした。学問というのは、今でもそうですけれども、嫌いなんです。文学だって、学問的な研究は嫌いです。嫌いなんだけれども、やらざるを得ないところは仕方なしにやっている。けれども、本当は嫌いで、そういうことはしたくないんですよ。化学は実験したり、装置を作ったりしなけりゃならないでしょう。しかし文学の場合は、学問だったら、頭と本だけでいいわけです。けれども文芸と言ったらいいんでしょうかね、文芸というのは、手なんですよ。要するに、手を動かしていないと駄目なんです。文学研究者というのと、文芸の批評家というのは、まるで違うんですよ。文芸の批評家というのは、僕がそう言っているんですけれど、始終手を動かしていないと駄目なんです。手でもって考えるというのが文芸批評家で、学問をする人は、本、文献と、語学を駆使して、そして勉強好きで、本を読んでメモをとって、ノートをとってとかというふうにやれば進んでいくんですけれども、文芸批評、文学全体もそうですけれども、やっぱり手でもって考える、頭と手が連結していないと駄目なんですね。

たとえば、僕は七十いくつですけれども、もうそうなると、学者というのは、学問なんていうのはやめちゃって何とか学会の顧問とかになるわけです。それはどうしてかっていうと、手を使うことに慣れていないからなのですね。頭を使っての勉強ならいいと、そういう勉強の仕方をしてきたから年をとってくると七面倒臭くなってしまうんですね。僕は手を使っているから今でもできますけどね。僕は学者にはならない、化学の学者にはならない、学問はやらないというふうに思ってきました。工大でもそうでした。僕はそこを一度出てから、町工場をぐるぐるまわって、また研究生に、今でいうと修士課程というんでしょうか、二年間、特別研究生として大学へ通ったんですけど、それも学者になろうという気は全然なくて、ただ少し休んで、のんびりしようと思っただけなのです。

佐藤誠教授とともに正気荘へ

吉本さんの米沢時代についてお聞きしますが、吉本さんが一番最初に米沢にいらっしゃったときの印象はどのようなものだったんでしょうか。

米沢にはじめて来たとき、偶然なんだけど、奥羽本線の汽車の中で向かいに座っているおじさんが、きみは府立化工の人かって聞いてきたんです。それは徽章でわかったんだね。徽章を見て、化工の人かって言うから、そうですって言ったら、そうかと言って、どの寮だと言うから、正気荘だとか言ったら、案内してやろうかと言って、そばまで連れていってくれたんです。誰かと思ったら、それが米沢高等工業学校教授の佐藤誠さんでした。

どうして知ってるのかなと思ったけど、要するに化工出身の尾賀さんが秀才で、もちろん米沢でもよくできたんですよ。僕は知らないんだけど、その上に安井さんなどという人もいて、みんなできる人だったんですね。ですから徽章を見て、すぐわかってそう言ったんでしょう。それでそばまで連れてってくれた。佐藤さんは、大沢俊行と僕には大いに期待していたんだけれど、僕はすぐに怠けだしてね。大沢はちゃんと真面目に勉強したけど、僕は試験のときだけやればいいじゃないかといい加減だった。

最初の印象というと、佐藤さんに案内されて、米沢駅で降りて歩いていくと、道路の両側に雪が積み重ねてあって、真ん中だけが通れるようになっている。家の軒が低い。なんて低い家が並んでいるんだろうって感じと、雪がうわっというぐあいで、こりゃかなわねえなって、もう、帰りたいと思ったですね。こんなところに二年も三年もいるのかと思って、本当にがっくりしたけど、佐藤さんがそばにいるしね。寮に案内してくれて、それでなんとなくおさまりがついて、でも、入ってしまえば、僕は割合に、何と言うか、要するに、やだという感じはなかったですね。たとえば、金城紀久雄みたいな奴は、沖縄に帰っちゃったんですね。白楊寮にいたんだけれども、行ったらすぐさま、上級生がさ、それこそ、野口さんみたいな人が、酒飲んできちゃ、みんなを叩き起こして、なんだかんだと説教して、毎晩のようにやるでしょ。沖縄から来ていたおとなしい人で、金城という、あれは下級生かな、一年下か、そいつなんかは帰っちゃいましたね。僕は野村光衛さんという寮長の部屋で、野村さんはおとなしい、穏和な人で、いい人だったんですよ。窮屈といえば窮屈だったですよね、上級生だから。でもあの人も怠け者でさ、飲み助だし、勉強もしないし、僕が勉強していると、おかしいよ、勉強してんの、なんて言ってたけど、だんだんそれが僕のほうにも移って、勉強しなくなっちゃった。勉強は試験のときだけっていうふうになって、一週間ぐらい前からやることはやるんだけれども、そうなっちゃったんですね。

郷右近厚さんなどと友達になるわけですね。

郷右近さん、そして田中寛二さんなんかがなんとなく好きだということがあったですね。文学が好きだという気分から、なんとなくね。それに郷右近も田中も割合に豊富な資金をもっていてさ、僕はよくたかって、八祥園なんかに飲みに行ったり、居酒屋にも行ったもんです。八祥園に芸者さんみたいのがいたのをおぼえています。正気荘の近くの大通りのすぐ向こう側に蕎麦屋があったと思います。藁屋根の蕎麦屋でおばあさんがいました。誰にだかは忘れましたが、連れてってもらいました。おいしかったですね。今でもあれほどおいしいと思って食べた蕎麦はない。印象として残っているのは、あのとき食った米沢の蕎麦は日本一だと。たとえようがないみたいなね。食べものでいえば、さくらんぼとか、りんごとかを盗みに行きましたね。それとおぼえているのは、やっぱりあの人もいい人だったと思うのは、寮の舎監をしていた大場好吉さんですね。その息子が同級生だったので、なにかと助かりました。

青年期と友情、友達というものについて吉本さんと郷右近さん、田中寛二さんなどとの間柄からおうかがいしたいのですが。

無理矢理深読みして考えているわけですけれども、青年期の友情みたいな関係というのは、なんとなく人間の一生のうちの原形のようなものを作り上げると思います。とくに仲良かったとか、この人のことならよくわかるよというくらいまで仲良くなるなり方というのは、学生生活や寮生活で寝起きもいっしょにするという、そういうところで形成されたものなのだけれど、本当をいうと、それは人間の、単に友人とか、そういうことだけでなくて、男女間というか異性間の親密になるなり方とかも含めて、その原形をなすんじゃないのかなという感じがしますね。

それをゆるく広くすれば一般的な人間関係、いろんな場面での人間関係ということになるわけでしょうけれども、本当の原形というのは大体そこらへんでできる。葛藤も対立も感情的な親和感も含めて、仲の良い友達というのはトコトンそこらへんでできちゃうという気がしますね。

それ以上のことは生涯にわたってないよ。たとえ性というのが介在してもやっぱり感じ方の関係というのは、そのときの感じ方の範囲をそんなに出るということはないという気がしますね。だからなんとなく全部人間関係はそこに入っちゃう。性を介在させれば、異性的なものも、同性的な親しさも入っちゃうんじゃないのかな。そこで体験したことというのは大体生涯の原形になっていくんじゃないのかなあと、誰でもそういうふうになる気がしますけどもね。

郷右近さんは、吉本さんとつきあいはじめたのはどんなことからでしたか。

郷右近　やっぱりインスピレーションじゃないけど、こいつはいい奴だなというのは正気荘に入って、田中寛二なんかといっしょに寮の裏の田んぼ道などを歩きながら、いろんな文学的な話なんかして、そういうインスピレーションが働いたんだろうなと思うんです。こいつとはつきあえるなあと。そういうところで人間関係ができて、それが人間社会のなかで、生きていくなかで、作られて続いているという感じでしょうね。

そういえばそうでしょうね。人間の全部のタイプなんかを象徴しちゃうみたいな感じというのがあるんじゃないでしょうかね。この人はどうしているのかなというのが正気荘でつきあった人でもいますね。

仲良くなって気心がわかったというのとは対照的に、もう少し上になって大学に行ってからの僕の経験でいうと、卒業まで一度も口をきいたことがない同級生というのもいるんですよ。それくらい疎遠になっちゃう。

あらたに人間関係が加わったということはあんまりないですね。その延長というのはあるけど。大なり小なり、みんなあるんじゃないかな。そのくらい人間関係がへんてこりんになってきますね。年齢のせいなのか、学校の人間関係のせいなのか、どっちかわからないけれどありましたね。年齢のことが一番の原因なのじゃないでしょうかね。

正気荘から応化寮にはいつ、どういうことで移ったんですか。

正気荘には一年もいなくて、一年生の秋ごろ、上級生がひっぱりに来たんですよ。尾賀さんとか野口さんがね。なんか人柄なんか見ていたと思います。自治寮でしたね。

米沢でよく行かれたところは。

林泉寺に行ったり、近くの山などによく行きましたね。

宮沢賢治の詩碑も訪ねられましたね。

応化寮のとき、二、三日、一人で行きました。宮沢賢治を訪ねる旅では、途中、仙台の東北大学の金属研究所に勤務している府立化工の同級生の所に泊めてもらって花巻に行きました。詩碑を訪ねるということでしたが、賢治の弟さんにお会いしてきました。イギリス海岸を見たりして、地勢を理解しましたよ。とんでもない錯覚をして、花巻から黒沢尻まで歩いて行ってしまったんです。あまり遠いのでびっくりしましたね。

宮沢賢治は、東京にいたとき、そのころ河出書房から現代詩集というのが三巻くらいで出ていて、昭和時代の三好達治とか高村光太郎とか、そういうものの中に宮沢賢治のも二つくらい入っていました。『春と修羅』ともう一つ、なんか入っていて、かわった詩を書く人だなぁくらいは思っていましたけれども、それ以上のことはなかったんです。米沢に来てからよく読みましたね。

その他の文人のものは。

横光利一、保田与重郎、梶井基次郎、中河与一などですね。

米沢での生活

米沢の街ではどんなことをして遊んでましたか。また温泉などはどのへんに行ったんですか。

悪いこともしましたよ。みんなで、機織工場の女工さんをさ、審査する人がここにいてさ、そこまでどんな名目でもいいから、いっしょに連れて来る。誰が一番多く連れてこれたかなんて競いました。僕はごまかして一人を、あそこまで行ってくんねえかとか言って、話をうまくつけたというのではないのですが、行ってくんねえかとか言って一人連れてきました。そういう悪いこともしましたよ。

温泉は白布《しらぶ》とか小野川とか、赤湯あたりに行きました。白布にはよく行きましたね。資金不足であまり遠くまで足は届きませんでしたけどね。白布高湯へ行って、湯船に入っていると粉雪が入ってきて、よかったですね。古びた温泉宿という感じで、十和田湖の近くにもこういう感じの宿がありましたね。白布には三軒の旅館がありましたね。また白布へ行く途中の舟坂峠が大好きでした。そこからの眺めがまた格別で、よく行ったものです。

家からの仕送りはどのくらいあったんですか。

この記憶はあてにならないんだけど、十五円くらいだったと思います。寮費は十三円ぐらいだったですね。本を買うとかいって家から送ってもらったこともあります。それで飲んだりしました。でもあまりしては悪いなと思ってました。

本屋さんはどのへんに行ってましたか。

応化寮の前の通りを北に行って同級生の岡崎太郎の家のほうに行くと、大きな本屋がありました。夏休みに家に帰る金がないと、そこに物理や、化学の本をもっていって、金を貸してくれないかと、何回も行ったことがあります。帰ってきたら金を返すからと言ってね、本をあずけて、帰りの汽車賃にしました。

家には手紙をお書きになりましたか。

よく書きました。また、おふくろさんからもよく手紙がきました。別にどうってことはないんですけれどね。こっちからはお金がなくなった、本を買いたいんだけれど金がないからなどとウソをついたりしましたね。おふくろからは体に気をつけてとか書いてありました。僕はおふくろさんが一番苦労したときに生まれた子だったんですね。家が天草でつぶれて、親父が月島に来て船大工として雇われ、ある程度安定したとき、おふくろさんのおなかの中に僕はいたんですね。親父は陸で舟を造っていました。後日、観察してですが、月島は地形から見ると天草に似た風景でしたね。僕は自分の憂鬱や屈折がどこからくるのかと考えてきたのですが、思い当たるのは、そこしかないんですよ。おふくろさんが心細くて貧乏で大変だったときに僕は生まれたんですね。一歳未満の育ち方が大切だというのは実感ですね。おふくろさんは僕の弟の嫁さんには、あの子が赤ん坊のころ苦労したと言っていたそうです。

米沢の四季はどうでしたか。

寒い、寒い、とばっかり思っていましたら、夏はけっこう暑いんですね。そのことが初めてわかりましたよ。また緑濃い山がこんなに近くにあるというのは、びっくりしましたね。そんなの、東京の月島、佃島なんかにはないですからね。自然の緑濃い山なんかないから、非常に珍しくて、そういう影響はものすごく今もありますね。米沢に行かなかったら、自然に対する興味とか関心とかということも全然なかったろうなと思います。ですから非常に良かったですね。

それから東京の工業学校にいたときと比べて、テンポが遅いんですね。それはものすごく初めはちぐはぐであったけれども、だんだんそれに慣れたら、あのテンポの良さと言ったらいいんでしょうか、のんびりさというか、それが良かったですね。それも私の一生にすごく影響を与えましたね。あれを知らなければ、俺はせかせかした、せっかちな生活で、一生過ぎちゃったに違いないと思います。のんびりとすることとか、自然に興味をもつことをおぼえましたね。だから、それは、僕にとっては大変な影響を与えていますね。一年ぐらいたって、東京に帰ってきて、東京から通える横浜高工へ行った奴なんかと会って話をすると、合わないんですよ。全然テンポが違うんです。言うことのテンポも違うし、考え方のテンポも違う。ありゃっていうくらい合わなくってね。もし、こっちにいたままだったら、やっぱりガツガツでもないけど、とにかく毎日勉強してるか、そういうふうだったと思いますけれども、それが米沢では、からっきしのんびりだったんで、怠けることもおぼえて、それもものすごく良かったと思います。

テスト前には徹夜でかなり勉強なさったとうかがいましたが……。

同級生に奈良岡武という医者の子どもがいて、粒の薬をくれるんですよ。それを飲むと目が冴えて、すうっとして一晩徹夜して学校に行っても平気なんです。その日の試験が終わるころになると眠くなって、寮に帰ってきて寝て、また起きて、「くれよ」と言って薬をもらった。試験の一週間前くらいからは、にわか勉強だけど、やりましたね。それが「最後の牙城」っていうか、僕はその一週間くらいだけは前と同じだよなっていう感じでした。

上杉神社への戦勝祈願

スキーなんかもなさったんですか。

スキーで足をくじいて、早めに家に帰ったことがあります。冬の午後に斜平《なでら》でやったんですね。

下手だったので、東京から来た人たちは夜になって上杉神社に行って、習ったんですよ。教練もきつくてまいったですね。やっとこさ、くっついて行くという状態で、上に登って降りるときは、ただころんで降りる。すべって尻餅ついて降りるみたいでしたね。ころんだりすると、僕は何回かあったんですけれども、剣やなんかがどっかにつきささってなくなってんですね。それで連帯責任だというのでみんなで探すんです。うつぶせになって探すわけですけれど、やだなぁと思いながら探しましたね。

大柿勝美なんかはスポーツが好きだから進歩が早いんです。僕とか宮田勘吉は下手くそで、全然お話にならないまま卒業しちゃって、卒業するときにはスキー用具を誰かに譲って、それで飲んで帰ってきちゃったんですよ。それからスキーはずうっとやらないできたんだけど、七、八年前に湯沢に家の奴とか子どもと行って久しぶりにやったら、やっぱりてんでお話にならない。だけど、何がいいかって、今は靴がべらぼうにいいのね。だもんだから、何日かたったら前くらいには滑れましたよ。それからは行ったことはありません。家の奴とか子どもとかを見ていると、僕がちょうど初めてスキーをはいたときと同じようにころんでばかりでね、こりごりしたとか言ってましたから、やっぱり同じだなと思いました。僕はそれよりはいいんだけれど、滑れるなんてとうてい言えない。もう、この足腰では駄目でしょうね。

上杉神社といえば、そこへ戦勝祈願に行かれたそうですが……。

ありましたね。誰か、梁田敏郎か新居聡かどっちかがね、昼休みを利用して、毎月八日に上杉神社に戦勝祈願に行こうじゃないか、なんて言い始めたんですよ。いやでいやで、なんか理由をつけて、それよりももっと大切なことがあるんじゃないのかなんて理屈をこねるんですが、全然駄目で押し切られて行くわけですよ。いやいやながらくっついていく。でも張り切っている人たちがいるんですね。昼休みくらいゆっくりしたらいいのにと思うのに、ご飯を食べたら何か有効なことをしようと提案されると、一番反対しにくいことで、いやだなと思うんですけれども、露骨に言うわけにいかない。屁理屈をつけてしぶるんですが、全然駄目でした。

米沢人とのふれあいは……。

北村千春、岡崎太郎、須賀宮人、本間邦男……。本間とは割につきあっていて、本間の家で、ごちそうになったのをおぼえています。高橋和夫なんかともありました。

米沢の方言はどうでしたか。

はじめはわからなかったけれど、あの人たちは半分標準語みたいだったから、あの人たちの言うことはわかりました。山沢ミのさんの米沢弁はきれいだったですね。あの人はある意味では「憧れの的」みたいでしたね。

米沢でいやだったことはどんなことですか。

やっぱり貧乏がいやだったですね。私は人好きのいいほうではないけど、郷右近、田中寛二、水上俊夫などによくたかったんですね。たかるのもいいんだけれど、金がもう少し豊富にあったら活動範囲が違っていたと思いますよ。

先生たちの印象はどうですか。

佐藤誠さんは社会人生活をしてから先生になったので、ひと味違う感じでした。校長は森平三郎でしたね。六〇年安保のとき、羽仁五郎のアジ演説を聞いていて、内容はあまりないんだけれども、話はうまいなと思い、まてよ、このような話し方どっかで聞いたことがあるぞって思い、あとでわかったのですが、森平三郎とそっくりなんですね。彼は羽仁五郎の兄でした。一種の歯切れのいい話しっぷりで、いろんなことを思い悩んで屈折があるという人じゃない。よく言えば感激家、悪く言えばおっちょこちょいで、僕がサボって米沢へ一月に帰ってきたら、サボって帰った奴は出てこいとかいうので行くと、森さんは、みんな講堂に集めて、娘さんがお国のために働いていますと書いてよこしたその手紙を、読んだりする。そうしたことは慎んだらいいだろうと思うんだけど、そういうことはわからない人ね。わからないということは、いい意味にとれば率直な人だなということになるんだけど、屈折がある人から言えば、そういうことは遠慮したほうがいいと思うんだけど、自分で感激してやっちゃうんですね。羽仁五郎の話を聞いていて、あれっ、兄貴の森さんと似ているよと思いましたね。

日曜日はどんなことをやっていましたか。

僕は銭がないこともあって、街よりも山のほうに行ったり、舟坂峠のほうに行ったりと、そういうことが多かったですね。ふらふら歩いて、白布のほうへ、台湾からきていた吉嶺と二人で行ったりね。なんか、ふらふら、そういうことが多かったですね。一人でふらふらしていましたね。詩なんかも書いていました。『初期ノート』に載ってます。まさに自然が珍しかったですから。

米沢の女の人の印象はどうでしたか。

女の子というのには縁がなかったですね。大沢もそうでしたけれども、尾賀さんと同じ学年にいた秀才が、なかなかの好男子で、下宿屋の娘さんを妊娠させて、冷たくしちゃったっていうんで、いっぺんに評判が悪くなった。そういう人もいました。僕は全然駄目で、今も駄目だけど、要するにあんまり女の人に縁が薄いですね。当時は並んで歩いていても何か言われましたしね。東京から来たやつで女工と仲良くなって、ちょっと評判はよくなかったのもいました。郷右近にはよく手紙が来まして、「水沢の君《きみ》」とか言ってましたね。

当時の趣味はどんなものでしたか。

せいぜい本を読むか、あと散歩するくらいでしたね。本を読むというと思い出すのは、台湾からの留学生の湯玉輝さんという人が小林秀雄の『ドストエフスキイの生活』という本を持っていたんですね。いい本持っているねと言ったら、じゃああげようかというんで、くれるなら幸いということで、もらって読んだのをおぼえています。横光利一と太宰治とか、詩なら宮沢賢治とか、批評家なら小林秀雄とか保田与重郎とかを、読んでいました。本屋やコーヒー店の和田屋、あのへんに行ってましたね。

米沢の食べ物はどうでしたか。

米沢の食べ物でおいしいと思ったのは、先ほど言った蕎麦ね。あと、おしるこ屋さん。おしるこのなかに餅が二つくらい入っていて、おいしかったですね。いっぱい人が並んでましたね。

おしるこ屋さんへはずいぶんかよったですね。あとは居酒屋。果物は米沢に行ってはじめて洋梨をたべました。それから味もそっけもない、垣根にしてた、うこぎですね。おひたしにして、こんなのはおひたしにしなかったらなんの味もしないのになと、おぼえています。米沢牛肉というのは知らなかったです。六、七年前、牛肉屋さんへ行って食べましたね。それで思ったことは神戸牛などと比べて上等というのではないんだけれど、野性的で、複雑な味がしましたね。おもしろい、独特な味がしました。

もう少し米沢の学生生活についてお聞きしますが、府立化工でもそのころはほとんどの人が就職だったと思うのですが。

大部分が就職するわけで、五十人いると、その中で進学するのは五、六人でした。それで推薦入学でということで受験したのですが、それが駄目になって、なぜ米沢高工に固執したのかと言われるとこまるんですけれども、あまり理由がなくて、ただ、駄目なのか、それじゃ、やってやるさくらいの考えでしょうか。米沢に行こうとしたのは、前にも話した通り、先輩の話や、家から離れたくてしようがない年頃だから、そういうことで進学したんです。

どこで受験なさいましたか。

それが記憶にないのですよ。東京ですけれどもね。

郷右近　昔の藤原工大の、慶應義塾のところですよ。僕もそこで受けたんですよ。新居聡なんか赤いネクタイをして、キザな格好で受けていたのを覚えています。日吉台ですよ。

入学式はどうだったんですか。そして寮生活はどうでしたか。

全然記憶にないんですよ。入学式なんか、なかったんじゃないかな。いきなり佐藤誠さんに案内してもらって、白楊寮に連れていってもらった。僕は正気荘なので、そこから自分で行きましたよ。

郷右近　僕なんか授業をサボっていましたけれど、吉本は真面目で、授業は全然サボらなかったですね。

でも代返をしてもらったこともありますし、寮に帰ったら、なにもしなかったです。寮生活は、割合に快適に過ごしていたような気がします。一人いじめられっ子というのがいました。三神孝はあまりおとなしいものだから、いじめられていましたね。それぞれグループができて、うまくやっていましたよ。さくらんぼやりんごを盗みに行って取ってきて、みんな食っちゃって、葉っぱを他の寮へストームだとか言って持っていったこともあるし、木から落っこっちゃったことも覚えています。木からぶらさげてあるニワトリをぐにゃっと捕まえて、うわっと言ってさくらんぼの木から落ちちゃったんですよ。かなりねじ込まれたけれど、それもそのときくらいで、向こうも心得ていて、どうせ学生さん、腹をすかしているんだろうみたいなことで文句はなかったけれど、たまたま一度ありましたね。でもけっこう寛大でしたね。

進学返上願い・勤労奉仕・映画など

米沢高工の授業で印象的だったことは……。

英語の先生が二人いたんです。一人は若い先生で、もう一人は年とった先生です。学生はみんな、敵性語だということで、こんなものはやらなくていいんだというのが横溢していて、年とったほうの先生はなにか意気が上がらないというか、憂鬱そうにしていたのをおぼえています。あてられてもみんなやってきてなくて、こんなものはやらなくていいんだという雰囲気が横溢しているからやってこないのですね。年とった先生は、ドライサーというアメリカの作家の、へミングウェイなんかと同世代の作家の短篇集をやってましたね。途中で終わっちゃいましたけどね。その人はなんとなく敵性語ということからか、恐縮したような雰囲気で、なんとなく萎縮している感じで、気の毒でしたね。

スポーツはどうでしたか。水泳は得意だったそうですが……。学籍簿では化工でも米沢高工でも水泳が得意とあります。一九九六年八月に西伊豆で溺れられたとき、同級生の人たちは、あの水泳の上手な吉本が、と言っていましたね。

水泳は得意で、クラス対抗かなんかで平泳ぎで出されて、でもビリでした。松川のプールでしたね。佐藤誠さんから駄目じゃねぇかなんて言われたのをおぼえています。佐藤さんは水泳の世話をしていました。西山崇とか大柿勝美は上手でした。リレーでは勝ちましたね。小学校から区営のプールでやり、親父が一艘の舟を残しておいてくれたから、それを使って小さいころから泳いでましたからね。西山の泳ぎは独学だから、見ていると下手くそだな、こいつ、と思って、競争しようやといってやったら実際は速かったですよ。僕のは、いちおう京橋のプールでちゃんと教えられた泳ぎだったんですけどね。西山のは山だしの泳ぎのようでしたね。

化工の内申書と米高工の人物評の欄に、得意なものとして「野球」と書かれてありますが、吉本さんは野球が得意だったのですか。

僕らのところは、昔は京橋区というところで、今は中央区というんでしょうが、少年野球というのが盛んで、各小学校では代表チームを持っていて、区の大会が一年に一回ありました。僕はレギュラー選手ではなかったのですが、割合にうまいほうだったので、出てこいと、つまり補欠選手、控えの選手で、ベンチをあたためているわけです。少年野球のときくらいしかやっていないんですが、でもあの頃、俺はうまかったなあと思っているわけですよ。東洋インキに入った時、各部対抗みたいなものがあって、お前やれやれといわれてやりました。投手をやったんですけど、でも手と足と合わなかったですね。米沢では野球は全然やりませんでした。会社に入ってからやったんですが、なんとなくわかるんですよ。今、プロ野球を見ていると、投手で調子が悪い時は手と足とがいっしょにならないで、バラバラになっている感じがするんですよ。いくらやっても駄目、そのときは調子が悪いということになるんでしょうが、そういうことを自分でわかる経験があるんですよ。僕はカーブを投げられたんですよ。東洋インキでも投げられましたよ。もっともそのころの野球で、今の小学生と昔の小学生とはレベルが違うと思いますね。運動で得意なものはと言われれば、野球というでしょうね。それと水泳でしょうね。

郷右近さん、吉本さんのことで印象的なことはどんなことですか。

郷右近　とにかく吉本は授業をサボらないというので、たいした男だなと思いましたね。

応化寮に移ってからですが、学期末試験の一週間くらい前からとにかく冬なんかマントをかぶって徹夜で勉強していましたね。テストは確実にいい成績をとっていたはずですよ。大沢俊行、村山貞雄、吉本は出来ましたね。吉本はフランス語の本を読んでましたね。どこでフランス語なんかやってきたのかと思いましたよ。

米沢で購入した本で印象的だったものはありますか。

三島由紀夫の『花ざかりの森』は米沢で買って読んだんですよ。*註 厚ぼったい、いい和紙で、絵巻物のような装丁で、ああ、こんな人がいるんだねと思いましたね。京都の臼井喜之介という詩人が『岸壁』とかいう雑誌をやっていて、浪漫派系統の四季派系統のたまり場の雑誌でしたね。三島さんはそこにときどき詩を書いていました。あまりうまくはなかったと思いますが、よくおぼえていますよ。その小説は米沢で買って読んだのですが、三島さんの一等最初の本じゃなかったでしょうかね。あとは太宰とか岡本かの子、横光利一を読みました。そういう人の戦時色のないものを読んでました。戦時色のものは面白くなくて、それはどうしてかといえば、そんなことは、戦場に行ったわけじゃないけどいつも勤労奉仕でしょっちゅう経験しているわけだから、そんなこと書いてもらってもちっとも面白くないわけで、純粋に文学的なものにひかれましたね。宮沢賢治の名作選とか草野心平の研究なんかを読んでましたね。

当時の戦局の受けとめ方はどうでしたか。

のんきなところですからね、米沢は。戦局がどうなっているのか、ほとんどわからなかったですね。東京に帰ると肌で感じられましたけれどもね。戦局の受けとめ方といえば大学へ進学するという奴が何人か残っているとき、機械科のリーダーが、大学に行くのを返上し、兵隊に行こうじゃないかと言っているという話が出て、その受験する四人か五人のなかの梁田敏郎が口を切って、嘘か本当か知らないけれど、学長の意向もそうだから、返上しようじゃないかって言い始めたんです。そういうことに答えるのはきついわけですよ。そんな馬鹿なことは言えないし、うしろめたい。上級学校っていうのはちょっといやだなっていうのが自分にもあったから、なおさら言いにくいわけです。なんか言うとすれば、屁理屈をいうよりしようがないわけで、みんなだまっちゃって、辞退をしようなどというのもいない。けれど、僕、うまいこと言ったんだよ、自分でもそれが嘘だってわかっているのだけれど、大学へ行って、より深く技術を身につけ、お国のために役立つのがどうしていけないんだ、とね。そしたら、みんないきおいを得て、それぞれ言い出したんです。辞退をするというのはおかしいんではないかとかね。それでとうとう梁田もへっこんだんですよ。

僕は親父に、学校やめて兵隊に行こうかなと言ったことがあるんです。そしたら親父がいきなり水をぶっかけたんですよ。要するに、男の子だから兵隊に行くのもいいけれど、ありゃ、進んで行くところじゃないよって言ったんです。親父は第一次大戦のとき久留米の連隊にいて、青島の攻略戦に行った、そういう経験もあるもんだから、そんなに進んで行くところじゃないぜ、普通言うように戦線でポンポン弾を打ち合って、弾があたって戦死したなんていうのは少ないんだぜと言うわけなんですよ。大体、雨がざあざあ降っていて塹壕に入って、隣の奴が土が崩れてきて死んじゃったとか、それも戦死で、そういうほうが多いんだ、ちゃんとまっとうに弾を打ち合って弾が当たって死んだなんていうのは、それは恵まれているんで、そんなことは滅多にないんだと、そういうことを言ってたんですよ。男の子だから行くのはいいけど、進んで行くところではないんだぜと言ったんで、たちまちのうちに水をぶっかけられたように、ああそうかと。僕は、そのとき文学的に言うと、リアリズムに目覚めた感じでね。そんなことがあって、どっちでもいいやと思ってたんです。

徴兵検査のときも、俵かつぎなんていうのがあったんだけど、全然かつげねぇ。かついだらおっこっちゃって歩けなかったのに、甲種合格。でも親父の話で僕はだいぶ熱がさめてたんですよ。どっちでもいいやとね。そのことが僕に役に立ったのは六〇年安保とか大学紛争で、学生さんや高校生からよく手紙がきたんですよ。こんな学校へ行くのは馬鹿らしいから入学試験を受けるのはやめようとか、卒業するのやめようとか思うんだけど、どう思いますか、などという手紙がくるんですよ。そのとき、あのときの親父のことを思い出して、お前、そんなことというんだったら、カンニングしてでもいいから学校を出ちゃえという助言をしましたけどね。いつの時代も若い人というのは、あわくって、ストレートにものを考えるものだなと思いましたね。やめろやめろと言うことを期待してたかも知れないけれど、僕は手紙で懇切丁寧に、学校は卒業したほうがいいですって、そういうふうに助言しました。

それから騒動が終わってからも、さぁて授業にも出てないし、どうしようかな、このまま途中で大学なんかやめちゃおうかなという奴もずいぶんいたんだけれども、よせよせって。やっぱり優秀なのはいるっていうか、すげえ奴は復学して医学部の国家試験を受けて合格して、今、精神科の医者をしているのがいますけれどね。学校というのはいくら大あばれしたって、すぐ終わってしまえば、ちゃんと復学を許可してくれたんですね。

でも一方で世間はこうはいかないとつくづく思いましたけどね。僕は東洋インキで組合運動で最後までたたかったんですよ。今は、僕の子どもがさ、子の七光りでそんな子どもがいるんなら、その親父もそうさんくさくないぞって少し評価がよくなったけれども、それまでは祟りましたね。いくらあれしても駄目なんですよ。けっして許さないという感じがついてまわりましたね。ともあれ学生時代の親父のアドバイスは本当にありがたかったですね。

大学進学の返上というのはどういうところから出てきたのですか？

梁田は機械科などの学生から聞いてきて話したような気がします。梁田は傷病帰還兵でしたね。悪いことは……、その頃は良いことなのかな、いつも梁田だったような気がします。新居はそんなこと気にもしねぇという感じでしたね。いい男だと思いましたね。梁田は言い出しっぺなんですね。二人とも豪傑で、年上でしたね。ずうっと白楊寮の寮長をしてましたね。新居と梁田は張り切っていましたね。

勤労奉仕はどこで、どんなことをやりましたか。

小野川の川原の石を運んだのと、暗渠排水工事とかをやりましたね。農業の心得がないから、何をするのかと思ったら、田んぼの中に十字に一メートルの深さの溝を掘って、そこに木の枝を敷いて、石を置いて埋めちゃう、水捌けが駄目だったんでしょうね。そんなことをおぼえています。

一度だけサボったことがありますよ。正月に帰ってきたら、サボった奴は前に出ろと言われて大高庄右衛門教授から怒られました。けしからん奴だとね。滑稽だったのはさっきちょっと話したけれど、校長の森平三郎が、クラスの奴を壇上に上らせて、サボった奴がこんなにいるのは、私の責任だとか言って、何をするのかと思ったら、そういう連中に、自分を殴れなんて言うのですよ。いかにも森らしいんだけど、クラスの代表が殴れませんと言うと、いや殴れとか何回もそういう押し問答をやってました。なんか滑稽で、阿呆らしくて、何やってんだと思いましたね。いかにも森さんらしく、普通はサボった人を殴るはずなのに、自分を殴れって言うんですよ。私たちの代表が殴られるのなら、まだ気分が悪くないのに、かなわねえなと思いましたね。あの人は、そういうひとですね。人望はあったでしょうね。桐生の旧家の出で、その下の弟に羽仁五郎がいて、頭が良く、紳士で、申し分のない先生で、ストームで白楊寮に行くと、あの人は兵隊マントを着て見まわりしているのね。要するに、親元を離れてきたばっかりの学生に上級生がストームだとかいって、やたらに、お説教したり、お酒を飲ませたりしているのは蛮風だと思ってたんでしょうね。可哀そうだと思ってたんでしょう。廊下をウロウロしている。学生を可愛がるし、教育者としては申し分のない人だったんですね。本当なら戦後は公職追放なんだろうけれども、嘆願書が出たんだそうですね。文部省に出たんだそうです。私が東洋インキに勤めていた時代に、米沢出身の後輩に聞きましたよ。

米沢では映画などを観る機会はありましたか。

よく観ましたよ。たしか映画館が一つか二つあって、畳を敷いた桝席になっていて、とっても印象的です。『空の神兵―陸軍落下傘部隊訓練の記録』とか、戦時色の濃いものでした。一番印象的だったのに山本薩夫の『熱風』というのがありましたね。戦時下の工場の工員さんが中心で、藤田進、原節子が出ていました。ほかにはベルリンオリンピックの映画『民族の祭典』、高峰秀子の『馬』、それから『五人の斥候兵』かな。小杉勇さんのもので、戦争映画でも割り合いにいい映画を観たなという記憶があります。山本薩夫のやつで見たのは、空から飛び降りるところを傍で撮っていて、緊張してるもんだから、風で頬っぺたが膨らんで、いい映画でしたね。山本は戦後、共産党に入って、戦争反対だったたみたいな顔してましたね。冗談じゃないと思いましたね。その映画はいいものでしたよ。たしか米沢で観ましたね。いい映画だけ上映したのかもしれません。ですから記憶が鮮明ですね。黒沢は戦後はすぐ『わが青春に悔なし』、そして『虎の尾を踏む男達』と、いい作品が続きます。でも黒沢明のよいのはそのへんまでですね。あとはよくないですね。『八月の狂詩曲』の原爆のなんか見ちゃいられませんでしたね。最後の『夢』ではエコロジーになって、燃料は牛の糞だけでいいんだなんてなっちゃって……、でも初期はよかったですよ。

私家版詩集『草莽』

卒業アルバムとして『流津保』を出され、その中に吉本さんは「序詞」をお書きになっていますが。

書いた事、内容はおぼえています。郷右近さんから依頼されたんですね。クラスでよく出来る人達が編集委員でしたね。

『からす』という同人誌を作ったのは誰ですか。

郷右近さんですね。回覧誌で郷右近、田中寛二とやりました。

吉本さんの最初の私家版詩集『草莽』はどうですか。

ここを卒業したら、まず一生会うことはないだろうと思って記念に作ってやろうかなと思って、山沢ミのさんのいる隣の部屋でガリ版切って作りました。たしか二十部くらい作って、配布しました。

いつごろからの作品ですか。昭和十九年五月刊となっていますが。

米沢に来てからのものです。もっと前のものはないですよ。応化寮に行ってからのものです。

部数は二十部から三十部くらいでした。そこらへんはあいまいですけれども、田中とか郷右近とかにまっさきに配り、自分のところには四冊くらい残しました。

『草莽』はどこで印刷なさったのですか。

教官室に山沢ミのさんがいて、その隣の部屋に謄写版があって、そこでやっていると、山沢さんから「なにやっているの」などと聞かれました。

この表紙の字は吉本さんがお書きになったものですか。

僕のかどうか言いきれませんね。澤口壽さんから手伝ってもらったから、彼のものかも知れませんね。

『草莽』という題をおつけになったのはどういうことからですか。

この言葉は保田与重郎もしきりに使っていたし、昔、高山彦九郎が三条大橋あたりで土下座して草莽の臣などと言ったんじゃないですか。そのころの、はやりの言葉じゃないでしょうかね。

吉本さんはこの詩集の「草深き祈り」の中で「われら草莽のうちなるいのり」とお書きになっていますけれども、自分がそうだという立場でお書きになったのですか。

そうですね、真似しただけだよと言えばそれまでなんですけれども、天皇に対する考え方はそうだったんですよ。それで、こういう題でいいんじゃないかということでそうしたんです。僕は覚えているつもりなんだけど、その中に三つくらい天皇にごもっともという詩があると思います。そのことについては少し詳しく話さなければいけないところで、結局、郷右近さんなんかとはちょっと違うかもしれないけれど、どうせ徴兵検査が終わったら、学校を出たら兵隊だと、もうあまり長生きしないだろうということを考えたとき、誰のためなら死ねるかみたいな、誰のためなら命をとりかえっこして死ねるかということを考えたことがあったんですね。そうすると僕なんかは、たとえば親兄弟がいる国だからこれを守らなきゃいけないとか、いろいろあるでしょうけれども、どうも僕はそういうんじゃ死ぬ気はしねぇなと思いましたね。それで今考えるとおかしいけれど、天皇のためにだとか、天皇との命のとっかえっこならいいんじゃないか、安定感があるんじゃないかなと考えたんですね。

こういう題名をつけたのは、そのころ右翼的なイデオローグが盛んに使っていた言葉で、天皇崇拝、天皇主義の人たちがよく使っていた当時のはやり言葉で、自分でもこのほうがいいやと当時思っていましたね。天皇ととりかえっこならまあいいやと、親兄弟とか家族とか親しい人たちがいる国だからどうだとかいうのはどうも駄目だと。宗教的なところが自分にあるんでしょうね。天皇となら命をとりかえっこしてもいいやと思えるというふうになって、そのころのはやり言葉だったからそれを借りてきた。それが詩の中にあるわけです。

天皇および天皇制について

吉本さんにとっての天皇観みたいな部分をもう少し詳しくお聞かせください。

そういう自分の考え方から、結局戦後になってから天皇というのは一体何なんだ、天皇制でもいいけどその正体は一体何なんだということをずっと考えてきたんですよ、はじめはやっぱりあれは軍国主義で、天皇制ファシズムでというのが、敗戦直後にどっと共産党をはじめとして広がっていったんですね。戦後、僕らはよく読みましたけれど、ソ連共産党が出したテーゼがあって、その中で二七年、三二年のそれが日本の社会政治構造について一番詳しくて、それを読むと両方とも天皇制打倒を基本命題にしている。そこで、天皇制というのは何なんだということなんですけれども、ナポレオンと同じようなボナパルティズムだという考え方、それからまたあらためて、あれは絶対主義だというふうに規定して、それを打倒しなければいけないといっている。しかし、それでは、どうも僕が宗教的意味合いであれしたことは、ちっとも解明されていかないじゃないか、西欧の王権と同じように考えたボナパルティズムとか絶対主義などでは天皇制の本質は解けないじゃないか。これは実感にそぐわない、戦争中の自分の実感にはそぐわないなあというのがありました。それで一所懸命に考えてきました。

二七年テーゼ、三二年テーゼをまず前提として、東洋とはどういう社会か。農業社会だ。農業が長い間何千年も続いてきた社会だ。西洋社会はそこからだんだん都市が出来、工場が出来ていうことになるわけですけれども、東洋というのは何千年も同じように農業社会であった。それで東洋というのは何かというと、灌漑用の川とか用水ということを農家自体がやるということはしない。なぜかというと平野が広いから、まばらにしか農家がないから、自分の田んぼに灌漑用水を引いてくるということを自分でやるということはない。それをもっぱら引き受けるのは東洋では王権なんだということになる。ちょっと川をねじ曲げれば、こっちに掘りかえれば灌漑用水になるという考え方に対し、水力をちゃんと意識的に意図的に農業用にしなければならないんだという、それが、その当時の東洋社会に対する三二年テーゼとか二七年テーゼもそうだし、マルクス主義的な経済理論の根本だったんですよ。それを当初はああそうかと思ってたんだけれど、よくよく考えるとどうしても納得がいかないんですね。もう少し僕は宗教的に考えていた。僕だけじゃなくて、一般の人も宮城の前に行って、それこそ土下座して拝んでいた。これは、どこか宗教的なものが入っている。ただの王権に対するものじゃないだろうと。

自分も天皇となら命をとりかえられるみたいに考えたのは、結局は宗教的な要素が入っていたわけで、単に王権というのではどうも実感とあわない。これはやっぱり自分で考えていくしかしようがないなということで、自分で考えてきたわけです。それでまあ、ここ五、六年ですけれども、自分なりの考え方の結論が出てきて、これは多分もっとも正しいであろうというふうに思っているわけですけれども、それは何と言いますか、チベットとかネパールなんかもそうなんです、南中国に接した山岳地帯の辺境国家、小国家、そういうところは「生き神様」なのですよ。要するにチベットでいえばダライラマ、これ、生き神様で、里にも村にも生き神様というのがいるんですよ。それはこっちで言えば沖縄のユタと同じで、拝んで、こっちの方向に旅行したいんだけどいいかとお伺いをたてると、そっちの方向は悪いから行かないほうがいいとか、何日待って行ったほうがよいとか、そういうことを指示してくれる。これは今でもそうです。入院しろと言われてもお伺いをたてないと入院しないとか。

そういうありかたから王様の兄弟とか姉妹とかおばさんとか、そういうのが宗教的な拝み屋さん、巫女さんの一番上についているというのが、沖縄もそうだけど、大体、日本の天皇制もそれだろうと僕は結論づけているわけです。つまり、十代目くらい、神武、綏靖、安寧……と十代目ぐらいまでは天皇のほうが下のほうにいて、皇后のほうが上にいて、ご託宣を受けて、それにのっとって政治をやっていたというふうになっていた。その後、八、九世紀、『古事記』が出来るころは天皇の方が上になって、皇后は諸国から集めた豪族の娘と同じで巫女さん的だけど、後宮というか女官というか、そういう役割になって下になっちゃった。けれど、十代目ぐらいまでは反対で、女の人の方が、皇后的なほうが主役で、神様のご託宣を受けて、天皇の方が兄弟として政治を行うということで、これでもって村里の拝み屋さんから制度的に上の方の王権級の存在までがずうっと制度としてつながっちゃったというのが強固な政治的な力を持った理由だと思います。そういうふうになっているのが天皇制だという結論なんです。

ネパールなんかも上の方の王様がいないんですけれども、下の方の村里では沖縄なんかと同じで、行事などがあったときどうしたらいいかというときに、お伺いをたてるという。今でもそうですけれども、それと同じだという結論に達しています。

戦争直後に素人のお医者さんの安田徳太郎という人が日本語はレプチャ語に似ているといいました。また、言語学者の大野晋さんはスリランカあたりと似ているといっています。つまりインドから東の島か山岳地域か沿海地区なんかにあった生き神様的な王権。要するに、天皇制というのはその一つで、だからどこからか来た、どっかから来たというのは確実だろうと思っているわけです。

結論はこうです。大体、東洋には特殊な生き神様的な王権というものがあって、それは、山岳地帯の辺境地区とか島とかインドネシアなんか、今でも王様が、大統領がいるんですけれども、王様が尊敬されています。それはやっぱり昔の名残りで古くからあったであろうと思います。オーストラリアからこっちの島々にも全部あったろうと。ポリネシアとか、ミクロネシアといわれているところはみんなそうだぜといっていいと思いますね。

日本の天皇制というのもその一種だろう。日本は大陸に近い島で、比較的大きな島で、北から南までの広い範囲で、中国の冊封体制の辺境の国家だったわけですから、天皇制は、辺境地区で島と山岳地域と辺境国家のそういう生き神様的な王権というふうに考えるのが一番妥当であるというふうに結論づけたわけです。まだ誰も賛成していないですけれども、これから賛成してくれるだろう、自分の考えが一番進んでいると思っているわけです。それともう一つ、おかしいと思ったのは、灌漑用水をつかさどるんだというけれども、『古事記』とかそういうものを読んでも、わずかに何々天皇の時代に池を掘ったとか、今でも奈良のほうに行くと残っているけれども、斜面に溜め池を造ったとか、こういうものしかないんですよ。でなきゃ宗教的なもので、高僧が、杖をついたら水が噴き出してきたと、飲み水と農業の灌漑用水になったというような伝説があり、親鸞にまでそういうのがあるんです。せいぜい日本では池を掘ったくらいのことしかやっていない。そういうことは天皇の方でやったのか、あるいはその時代に農家で偉い人が、優秀な人がいて指図したとか、弘法大師空海が讃岐の豪族佐伯氏の息子なんだけど、四国で一番大きい池を掘ったぐらいなんです。池を掘って灌漑用水に使ったという程度でしかない。水利社会も水力社会もないんです。それは広い大陸について当てはまるだけで、日本のような島国とか辺境地区には当てはまらないんですね。あれは全然嘘だよ、駄目だよ、いわゆるマルクス主義者の言っている東洋社会というのは嘘だよ。こんな大雑把なことを言ったって、なんかの典型にはならんよと思ってきて、今に至っているわけです。

僕に言わせりゃ、僕の考えの方がよいと思っているわけです。それはやっぱりこの『草莽』を出したおかげだと言えばそうなんだけど、自分では天皇というのは神聖で、これとなら命を交換できる、とりかえっこできると考えた。それが自分で相当ひっかかっていて、天皇制というのは一体何なんだと、一番長く、一番よく考えたと思います。人はたいてい、それは絶対主義だとか、なんとか言っちゃって、それで終わりとなっているんだけれど、そうじゃない、もっとちゃんと構造的に考えていかないとわかんないよ。東洋社会はいろいろあってわかんないよと。そこまでつっこんでいる人はいないですよ。僕らはそこのところは自分で考えるということで長くかかりましたけれども、大体それでいいだろう、それで解けたろうと自分では思っていますけれどもね。そこまで考えないと納得しないということのもとになっているのは、これだ、この冊子『草莽』だと。そういう意味で、この冊子は大変な土台になったといえますね。左翼の人は戦争中に自分がどうだったかということを内緒にしたり、嘘をついたりしている人がいますが、僕はこういうのを書いて配ったということを公表してありますし、ここに三つか四つ、戦犯じゃないけど、戦争なんとかにひっかかるぜということも書いてきました。僕はそこが自分のとりえと言えばとりえで、そういうことで嘘をついていません。戦争中に右翼になったくせに、また戦後、共産党に入って、それで大きなツラをするみたいな、そういう嘘をつくなっていうふうに僕は思うわけですけれども、結局その部分では全然嘘をついていないわけです。こういう冊子がちゃんとありますから。宮本顕治だか野坂参三だか知らないけれども、非転向で獄中に十何年かいたとかいって、それが一番偉いみたいなことをいっているわけですけれども、僕は絶対そんな馬鹿なことはないと思っている。いたのはたしかに大変でしょうけれども、たしかに拘禁性のノイローゼになるくらい大変だったろうけれども、別に何もしたわけじゃないし、入っていて何か活動したとか、入っていて共産党に指令して何かやったとかということも何もないんですから、どうってことないじゃないかと思っている。

それと、やっぱりあの人たちは、だから駄目だと思うんですけれども、自分たちは民衆の指導者というか、前衛であるというか、そういう考えをやめないけれど、僕は日本人のただの兵隊さんというか、ただの国民で兵隊として行った人は百万人単位で戦死しているから、だからそのことをもとにして歴史というのを考えなければ全然お話にならないよと、そう思っています。これは一貫してそうで、二、三人、十何年か牢屋に入っていたという、そういうことを中心に戦後の歴史を考えるなどというのはもってのほかだというのが僕の考え方です。

百万人単位で死んでいる、ごく普通の人、その人たちの死んだということの重みを主体にして戦後の歴史を考えなければ全然駄目だよ、あてにならないよ、狂っちゃうよというふうに思ってきました。

戦中派でも天皇と命をとっかえっこというのは割に特殊かも知れないですね。たいていはそういうことを考えたとしても、家族とか愛する人がいる祖国のためなら死んでもいいぐらいの論理になるわけですよ。でも僕はなぜかそれでは納得できない。天皇ととっかえっこなら納得できると。それは天皇制の本質が宗教的なものであるからで、いいかえれば生き神様たるゆえんなんです。これは今でも中国共産党などが間違えているところなんです。チベットなんかふみつぶしてしまったわけだから。それでもって一つの省として扱えばいいと思っていたら、ダライラマというのは生き神様だったんですよ。だからものすごく信仰が厚い。そしてあれをよけて中共は自分たちが作った人工的な生き神様をたててと考えたんだけれど、それでは駄目なんですよ。もっと根強いもので、宗教的でありますし、制度的でもありますし、チベットのダライラマの処遇というのはよほど考えなければ駄目なのですよ。チベットは中国に帰属しないですよ。見かけ上、武力上、兵力でもって帰属させていますけれども、しかし本当はなにも納得していないですね。中共は生き神様を迷信だぐらいに思っているわけですが、そんなものじゃない。生き神様制度というのは東洋では何千年も続いているところがあり、それが今も潜在的にあるんで、そのことの根強さというのは、迷信には違いないけれど、そういうふうに片付けられないということを中共はわかっていないですよ。チベットだけは見かけ上は帰属していますが、納得していないですね。

郷右近　おととし西安に行ってチベット仏教の寺院に行ったときのことですが、そこで修行しているところを見せてもらいました。そこの廊下の板敷がすりへっているんですね。写真を撮ろうとしたら通訳はやめとけと言うんです。とにかく信仰の力は強いと思いましたね。中国も奥地の方へ行くと多いし、インドネシアではジャカルタとかバリ島なんかでは、祭のときに降りてきて、それを受け入れてお祭をする。各村々でやっているわけですよね。その信仰の力は強いと思いましたね。

僕ら戦争中の体験からそんなに簡単ではないぞと思いましたね。天皇制はもう主権在民で、ただ国民統合の象徴だとなって、政治的なものはなくなっていますけれども、本当を言うとそうじゃない。たとえば僕の住まいの近くに駒込天祖神社というのがありますけれども、そういうところのお祭で提灯を買ってくれとか来るじゃないですか。そうすると買うじゃないですか。そんなことをやっている。まだそんなことをやっているわけで、天皇制は上の方はなくなったんだけれど、やっぱり下の方ではつながっているんですね。僕は平気でやりますけれどもね。

郷右近　終戦のときも天皇がそれをはっきり決めたので、軍人が決めたのではない。国民の中には天皇の連綿とした隠然とした力はあるんですね。

年代の上の方で戦争中は自由主義的といわれた、たとえば和辻哲郎とか武者小路実篤とかリベラルな人たちが天皇制否定じゃなく、肯定に強い力で戦後転じたわけですけれども、それはどうしてか、おかしいじゃないかというけれど、そう簡単なものじゃないですよね。

西欧的な意味でのリベラリズムというのが、全部すっとんじゃうみたいな、根強さというものがやっぱりあったんですね。そんなことはわかりきったことで、天皇が神様だなどと誰も本当は思っていない。本当に思っていないというのはおかしいけれど、わざわざ少し後になって、要するに自分は神様じゃなくて人間であるみたいな人間宣言というのを総司令部に言われてするわけだけど、人間だというのは誰でもわかっている。それもあまり利口じゃない人間だろう。けれど、そういうことと違うんだよ。生き神様の信仰は神様みたいに人格的に優秀だから尊敬したっていうんじゃないんで、それだったら釈迦とかキリストとかというのはそうかもしれないけれども、天皇とかチベットのダライラマなどという生き神様は意味がちょっと違うんですね。その人が優秀であるか馬鹿であるかというのは、そんなことはどうでもいいといったらおかしいけれども、関係がないんですよね。

郷右近　アメリカも日本を統治しやすいと思って天皇制を残したわけですよ。

そのとおりですよ。それがアメリカの優秀なところで、ルース・ベネディクトは『菊と刀』で相当に、天皇制の問題を研究していますよね。ああいうのがいるから、天皇をつぶしたりしたら反乱が起こるぞみたいなことを言ったんですね。だからだんだん時間がたってきて人間宣言なんか出してきたんです。天皇が人間だっていうことはもともとわかっている、見えてるわけで、大正天皇なんかもあまり利口じゃないなとか、頭がおかしかったとかいう噂があったんですけれど、それは本当なんだけど、そして本当の神様だと思っているわけじゃないんだけれど、それでも天皇の宗教的威力というのはかわらない。非常に不思議なところで、人格的な優秀さということだったら、聖人といわれた釈迦とか孔子とかキリストというのはきっと人間的に優秀であるし、宗教的にも優秀だったに違いないと思えるけれど、天皇とかダライラマなんていうのはそうは思えないし、そういう意味では人格者じゃないよと思いますし、修行者としても天皇は宮中でお祭りをしているかもしれないけれど、別に何やっているわけでもない。

ダライラマなんていうのもチベットの宗教のことを知っている人に聞くと、宗教者としてはそれほどたいしたものじゃないんですよと言いますね。だけどそういうものとちょっと種類が違う。日本の天皇制もそうだと思いますよ。そういうことをだんだん納得していった。そして、お前、理屈を言えと言われれば、理屈も言えるよというところで、僕なんか落ち着いたわけですけれども、そのもとはこの『草莽』に象徴されているような、戦争中の考え方は一体何なんだったんだという強烈な思いがあって、なかなか納得できなかったからです。西欧的な王権と同じと言われても納得しないという、そういうことで長びいたというか、粘ったというか、わかりませんけれども、自分で納得するところまでもっていったんですね。

今でも保守的な人たちで「新しい歴史教科書をつくる会」とかいうのをやっている人たちなんか、今の日本は立憲君主制だといいますね。しかしそれは違いますよ。今は主権在民ですよ。国民統合の象徴といっていて、象徴というのはどういうことだと法律的に規定することはできないんだけど、でも、それは立憲君主制じゃないですよ。立憲君主というのは、王権として成立していなければならないわけですから、あの人たちはちょっと昔の共産党の三二テーゼ、二七テーゼの裏返しにしか過ぎないのです。もう少し考えればなぁと思いますけれども、そこらへんまでで考えるのをやめちゃっています。けれども、こっちはトコトン骨の髄まで納得しないと、というところまでやってきたわけです。この『草莽』は僕にとっては良い意味でも悪い意味でも、貴重なものだと、いろんなものの基になっているなと、自分の考え方の変遷とか変化とか自分の戦後の基になっているなと思っています。

「雨ニモ負ケズ」について

この詩集『草莽』のなかに紀子さんという妹さんのことが出てきますね。これは宮沢賢治にもトシという妹がいて詩のなかに登場しますが、そのことを意識なさって書かれたのですか。

そうだと思います。意識的に、それがなかったら書かなかったろうなと思いましたね。

妹さんの受験のときにいっしょに行ったということが書かれていますね。

千住に仏教系の学校で潤徳女学校というのがあって、そこの試験のとき行ったかも知れませんね。

郷右近さんにおうかがいしますが、寮などでごらんになっていた吉本さんと宮沢賢治とのかかわりはいかがですか。

郷右近　そのころは宮沢賢治にだいぶ入れこんでいて、ひょこっといなくなったと思ったら、花巻に行って来た。また彼が何を描いているかと思ったら、宮沢賢治の姫神山にお日様が出ている絵を描いている。盛んに宮沢賢治のものを読んでいましたね。僕も岩手なものだから、そういう意味で光太郎や賢治のものをみると、自分の体験談みたいな、体験を具現化してくれたという親しみがありましたね。吉本が机の上でなにかを書いているんだけれど、ほとんど見せてくれない。よくいっしょに飲みに出たり、炉端で談論風発というか、吉本というのはそういう話のなかに入ってこないで、最後になって、ズバズバと言い切っておしまいというようなところがありました。あんまり談論のなかに入ってくるという性格じゃなかったですね。人の話をよく聞いていて、それはこうだよというように、それに対する自分の考え方というのを最後にズバッと言い切って、それでみんな、ああ、そうかという感じで、たしかに一段高いところからみんなの話を聞いている感じはしてましたね。

府立化工、米工専の先輩の野口さんが私のことを、こいつは偏屈な奴でねえというので、ああ思い出した、そう見えたんだろうなあと、とても新鮮な感じがしました。清岡卓行さんか誰かが、人の話を聞くのがうまいのは、吉行淳之介と吉本隆明だと言っていましたけど、うまいもなにも、言うことがないからだまっているだけで、聞いていることはたしかに聞いているのですが、全然自分ではそう思っていませんけどね。

宮沢賢治の「雨ニモ負ケズ」の詩をどう思われますか。

はじめからこれは道徳的というか倫理的で、しかもコチコチな倫理というのではなくて、ふわっとした開いたところがあって、いい詩じゃないかなと読んでましたね。あとあとになっても、詩としてちゃんと読んでもいい詩じゃないか、力量のある詩ではないかと僕は思いましたね。だけど、そうじゃないという評価もありますね。あまりに道徳的、倫理的過ぎて、詩としての力量が出てこない、詩として一種仲間はずれの詩だっていう評価もありますね。また高く評価する理由として倫理的内容としても立派なものじゃないかという感じ方が一般的に多いわけですけれども、詩として読んで良いとか悪いとかというのはあまりない。けれども、僕は詩として読んでこれはいい、大変力量のある人だと思って読めた、読んだと思います。

でもまだ今でも本当に読めていないというか、読んでいないですよね。晩年にノートに書きつけた詩で、「雨ニモ負ケズ」もそうですけれども、要するに死体が川に流れてというような詩があります。でも、晩年になって書かれたいわゆる文語詩は本気になって読んだということはしていなかったですね。僕はそれまではいい加減な、適当な読み方をしていて、わりあい近年になってから一所懸命読みましたが、これを真似してやろうと思ってやると、僕なんかが真似すると島崎藤村の七五調の詩みたいになっちゃうんです。宮沢賢治のような文語詩にならないんですよ。なぜだろうなと、この要素は近年になって考えましたね。近年になって読んでみて、要するに宮沢賢治は七五調の文語詩を一つの客観描写にしているというか、叙情詩にしていないんですよ。叙情詩的に書いていないんですよ。島崎藤村の『若菜集』なんていうのは叙情詩そのものなのです。僕らが七五調で書くと、そういうふうになっちゃうんですけれど、あの人はそうではない。七五調ではあるけれども、客観描写に近い、要するに風景でも人でも客観描写風に書いています。それに情念を入れこんで表現するということをしていないですね。それをやれって言われてもなかなかできない。真似して詩を書くということは、たいてい僕らはいちおうやるわけですけれども、中原中也というのはこういうふうに書けば中原中也的な詩になるんだよ、朔太郎はこう書くんだよと、いちおうそういうことはやっているわけですよ。だけど宮沢賢治の文語詩を真似してやってみると叙情詩になってしまう。藤村の『若菜集』みたいになってしまう。宮沢賢治は客観描写に近い。風景を描写しているのと同じように人を客観描写している。自分の感情もそんなふうに描写していますね。それだけじゃなくて、手腕というのもありますけれど、そういう書き方をしているというのが特色ですね。

みんなそうならないですね。朔太郎も晩年には文語調の詩を書いていますけれども、あれも倫理的な叙情詩です。けっして景物のスケッチのような詩の書き方ではない。朔太郎の晩年の文語詩はわかりやすいし、これを真似するのは楽ですが、宮沢賢治のは真似しようとすると、かなり意識的に作らないとならない。七五調で、しかも叙情性で心情を披瀝するということを避けるように書くというのはなかなかできないですね。面倒臭いです。だから、あながちウソではないと思うんですけれども、伝説があって、つまり「俺の文語詩には自信があるんだ」と宮沢賢治は言っていたということですが、ある意味ではわかりますね。それがなかなかできないんですね。日本の詩人は、はじめの若いときは散文の行分けのようなものを書いているんだけれど、年をとってくると大体文語調の詩を書く。三好達治もそうだし、朔太郎もそうです。宮沢賢治の晩年の文語調もそういうものかなと思っていると、ちょっと違うよというのがありますね。『春と修羅』なんか、心象スケッチといっているけど、あのスケッチというのが文語詩でもなくならない。

朝日新聞掲載の「いつでも本が…」で、吉本さんは宮沢賢治をとりあげ、自分もそういう生き方をなさりたいと思ったと書かれていますね。

たしかにそういう考え方みたいなのがありました、というのもおかしいけれど、宮沢賢治を知ったとき、あの人は農芸化学だかで、僕らも化学なら四年間いちおうやってきたことがあったし、東北の地方だしということで、戦争中だから、それも軍国主義の影響なんでしょうけれども、なにか世のため、人のためじゃないけれど、役に立つというか、そういう生き方というのがないんだろうかみたいなことも考えていました。それがだんだんやっていくうちに、これはとても違うわい、違う人だよという感じになって自分が心細くなってくるというか、とんでもないケタはずれの人だよと思えるようになってからはそう考えなくなりましたね。宮沢賢治に直接会ったことがあって、名作選を編んだ松田甚次郎は、自分が弟子だといって、農業をやっていたけど、宮沢賢治ほど文芸というか詩に辛抱がないというか、だんだん時局的になっていきましたね。しかし、それはつまんないなあみたいな感じを僕は持ちましたね。つまり戦争中だから生産文学とかいって、工場で働いている現場のことを主題にした小説を好きになるかというと、そうはいかない。堀辰雄が好きになったり、全然戦争と関係のないものが好きになったりということもありうるわけです。宮沢賢治はそういうことは全然ない。手紙の中に少しぐらいはありますけれども、それも目を皿にしないと見つからないというくらいのものです。文学者の辛抱がはるかに強固な人ですよね。松田甚次郎はそういうところでは弱くて時局的になっていっちゃう。おもしろくないなあと思いましたね。だから結局、宮沢賢治的な考え方とか生き方から離れてしまった。離してしまった。また戦争中だから先々まで考えたってどうしようもないやということもありましたけどね。

もう少し宮沢賢治についてお聞きしたいと思います。先にお聞きした、吉本さんが花巻に行かれたというのはいつですか。

二年生の秋ごろです。化工の同級生で東北大学の金属研究所に勤めていた横山錦四郎さんのところにまわっていきました。また佐藤隆房さんという賢治研究家の、お医者さんのところにも行きました。その頃は応化寮の自分の部屋の天井に墨筆字で「雨ニモ負ケズ」の詩を書いたものを貼っていましたね。姫神山と太陽の絵も描きました。山よりも手前に太陽があるなどということは考えられませんが、永瀬清子さんはそう見えたと言っていました。僕は東北本線と奥羽本線との区別もわからなかったからあやしいのですが、福島をまわって仙台、花巻と行ったと思います。賢治の弟の清六さんのフィクションかも知れませんが、僕が訪ねて来たということをおぼえていますよと、川上春雄さんが行ったときに言われたそうです。

府立化工の時代から宮沢賢治はお読みになっておられたのですか。

そんなことはないですよ。米沢に行ってからですよ。化工時代に読んだのは、河出書房から出ていた現代詩集で、三冊くらいのアンソロジーに宮沢賢治のものが二つ三つ入っていたんですね。それで宮沢賢治の名前をおぼえていたというのがありますよ。それ以外は全然ないんです。米沢に行ってから工藤が話していて、それを借りて読んだのです。松田甚次郎編の『宮沢賢治名作選』でした。

少し理屈っぽいことをお聞きしますが、宮沢賢治との吉本さんの出会いは、吉本さんの米沢時代を象徴する出来事のように思えるのです。初期のころに書かれたもののなかに、宮沢賢治を読んだとき、吉本さんは体がぶるぶるふるえるような体験をしたと書いておられます。非常に特異な言い方で、宮沢賢治の作品がいいとか悪いとか、好きだとか嫌いだとかいうよりも、吉本さんの無意識をあらわにするような表現の仕方をされていて、とても印象に残りました。

たしかに米沢に行く前には三つか四つの作品しか知らなかったのですが、米沢に行って、宮城県古川出身の工藤信雄あたりが宮沢賢治のことをよく知っていて、そういう話が出るし、近くではあるし、あの人もいちおう農芸化学でもあるし、親近感を感ずるみたいで、割合に夢中にさせられたというか、夢中になりました。佐藤隆房の宮沢賢治というのと、それからそのころ出ていた森佐一の宮沢賢治の本を買ったのをおぼえています。訪ねて行ったとき、どうせだから聞いてやれと思って寄ったんですよ。だけどお医者さんだから午前中診察で、午後ならあいていますよということだったのだけれど、あとで行ったかどうかおぼえていませんね。聞いたことをおぼえていませんから、行かなかったのかも知れませんね。それで時間があるので黒沢尻まで歩いてみようかなどと思って、風景を見ておきたいということもあったからなんだけど、歩いても歩いてもなかなか着かなくて、着いたときにはたそがれていたのをおぼえていますね。

宮沢賢治の「作品何番」というのも真似して、『草莽』では「原子番号何番」とか書いて詩作しました。この人の詩はこういう書き方をすれば似てくるぞと、自分でなんとなくちゃんと会得して書いたんですね。

郷右近　吉本は学校時代には我々には自分の詩を見せなかったんですよ。正気荘時代に雑誌を出そうということで、田中、沢口たちとさっき話に出た『からす』というのを一冊出しました。まわし読みしてましたが、いつのまにか行方不明になってしまいましたね。

宮沢賢治との同質性、異質性

『初期ノート』の宮沢賢治論で吉本さんは宮沢賢治の無償性ということを言っておられます。自然や他者と同化していく宮沢の心性、自分と他者との境界をもたず、自在に他者や自然と交感する宮沢の心性に注目しておられるように思うんです。宮沢賢治の作品を読んでぶるぶるふるえたと吉本さんが書いておられるということを先ほど言いましたけれど、そのような感受の仕方というのは宮沢賢治との同質性につながるものではありませんか。あるいは宮沢賢治は自分からは遠い存在だと、異質性のほうを強くお感じになられたのですか。

同質と思った点というのは、具体的に言えば、あの人は農芸化学ですね。あの人の卒論というのを僕は見たことがあります。岩手大学の先生をしていた岡本さんがそのコピーを送ってくれたんです。要するに分析化学なんですよ。別にどうってことないんですが、非常にていねいによく実験しているということだけはたしかで、僕みたいにいいかげんにしたのとは違って、ちゃんとやっているなということですね。つまりなんとなくやっていることが、専門的なことが、まあ僕は専門というほどのことではないですけれど、そういうものがわりと近いなということは思いましたね。

もうひとつ無理にあげれば、当時はやりだったと言えば言えるんですけれども、松田甚次郎みたいなのがそうで、農業、農耕を主体とする、当時満州国に移住して開拓農民みたいなことをやるのもそうなんですけれども、つまり農業を主とした政治運動、理想運動という風潮があって、そういう影響があって、それが近いと感じたところです。

あとは全部あまりに遠い、あまりにかけ隔たっているというか、いろいろ人間としてもそうだし、詩人としてもそうだし、なんか自然に対する考え方もかけ離れているというふうに思えて、インパクトとしてはそのほうが強かったですね。僕は米沢に行って街のはずれから山が見えるみたいなところは初めて体験しているわけです。だから田んぼや畑のうねのそばに小さい、ちょろちょろとした川が流れているみたいな、そういうものでも、こっちはものすごく新鮮で感動している。田んぼに草がはえている。それが新鮮でたまらない。そんな自分でしたから、まるで、かけ離れた存在の人というのが本当のところです。宮沢賢治は自然と交流するということも割合に内面的に自然にできている人で、そういうふうになれたらいいなあと思いましたね。

まるでかけ離れているということに入ると思うんですけれど、人柄ということを考えると、それは冷たい感じだなあというのがありました。肌合いが違うなあ、異質だなあというのがありましたね。この人は意外に冷たい人だなあという感じがあって、これはかけ離れて感じましたね。僕は親父なんかでもそうなんだけど、九州の人だから割合熱っぽいというか、家族に対しても熱っぽいところがあって、その温度差といいましょうかね、それがまるっきり違うなと思いましたね。

宮沢賢治という人は非常に理性的な人で、冷たい感じの人だなあ、これはかけ離れているなあと感じたことと、自然との交流、あの人が本当にそうだったのかどうかということはわからなかったのですが、実際見事な交流の仕方というのか、自分の内面と自然そのものとの交流というのが非常によく描かれていて、これはもしかするとそれほどのあれがないのかも知れないけれど、この交流の仕方は僕には考えられないなあみたいに思えましたから、そこらへんは非常に遠いように思えましたね。それから詩は各段に実力のある人だと思いました。真似するとどういうことになるかということはよく自分で実際やってみたりしましたから、優秀な詩人だなあと、わかって、これもかけ離れていると思えたのです。松田甚次郎という人は宮沢賢治に直接会って話をしたり、いろんなことを教わったりした人のひとりなんだけれども、この人の場合、民族主義的なというか、右翼的なというか、右翼的な農民運動みたいな「内原訓練所」を作って農民を養成して満州国に移民してという右翼の農民主義者の系統に結局入っちゃったんですよね。当時はやりの、宮沢賢治から松田甚次郎という線をたどると、みんな戦争中の右翼的な、民族主義的な農民運動につながっていっちゃうんですね。

しかし宮沢賢治という人は、そういうことは少しもなくて、なんと言いますか、おまけに左翼的な農民運動、全農とか日農とかいう農民組合もあったけど、それとも区別して、俺はそうじゃないんだと、左翼的なものとは違うんだということを自分で書いていますね。けれど松田甚次郎みたいに農民相手に宗教的とか啓蒙的なことをしてみたい、したいと思った人は、当時の右翼的なといったらおかしいですけれど、民族主義的な運動にかならず流れていきました。全農とか日農とか、そういう人たちは結局は転向という形で、右翼的な農民運動に合流していくというふうになっていったわけで、それはちょっと宮沢賢治と違うなと思うし、僕もそのころだったら真似したら右翼的なと言いましょうかね、民族主義的な中に入っていくしかしようがないというか、それしか道がないと、そういうふうになっていったと思いますね。

だから宮沢さんという人は特異な人で、用心深くて、左翼の農民組合と思われるところと、民族主義的に思われるところを自分でもって極力抑制していた人ですね。宮沢さんの特異な、用心深かったところだと思いますね。宮沢賢治という人はどちらともとれる人ですから、とろうと思えばとれる人ですから、なおさらご当人は用心深くて、というところがあったんだと思います。

そういうところが、同じように考えても違うようになっちゃうよという必然性みたいなものが、自分でもってよくわかっていて、僕の考えでは、この人は童話の中でもあまり日本的な名前を登場させないで、なにか何語かわからない、日本的なところがそんなにない固有名詞を使ったりして、相当用心深く準備したなと思うんですね。自分も宮沢賢治のようなことができるんじゃないかと、あとから考えれば柄でもないことをつきつめたりしたら、きっと民族的な運動のところに行くなあって思うから、あまり積極的に、近いところというより遠くのところで理解したということが、そういう面でよかったなあと思いますね。

宗教性について――親鸞・日蓮・宮沢賢治

宮沢賢治の肌合いの冷たさという指摘や、作品を読んでふるえたという吉本さんの表現などには、他者や自然の生きものや事象に自在に同化しうる宮沢への、吉本さん自身の感応力、同化力が強く感じられますけれどもね。へんな言い方かもしれませんが、向こう側に行ってしまった、あるいは行ってしまえる存在への吉本さんの感応、関心というか……。

ある程度、よくわかるような気がするんですけれど、似ているところ、それから近いと思えるところというのは、僕には一種の宗教性、宗教への関心というのがものすごく、今も大きくて、そういう問題にかかわる点があげられますね。ただ僕は、宗教者として一番だらしないというか親鸞みたいなのが好きなんですけれども、宮沢賢治という人はそういうのは大嫌いで、駄目なんですね。親鸞みたいな人は気に入らないのですよ。つまりああいうだらしのない、あの人から言わせれば、だらしないということになるわけですけれども、賢治の親父さんは親鸞教の東北のまとめ役だった民間の一人ですけれど、それがいやでいやでしょうがないんですね。たるんでるというか、ゆるい束縛しかない人は、賢治は嫌いで、青年時代は自分もやっぱり日蓮みたいな人になれると、そう思っていたと思うんですよ。それで東京に出てきて田中智学のところに入ったりして、日蓮宗の宗教改革運動のようなことをやるわけですね。

だから宮沢賢治の宗教性に対する関心というのは割合に今でも僕自身にありますから、そういう意味合いでは近いんだととれたわけです。ところが宗教なるもの、宗教性というものはなんなのかということになってくると、あの人は熱烈な信仰者です。僕は、だらしない、一番宗教者らしくない、破戒坊主なんでしょうけれど、信仰の熱さというものからは遠い親鸞みたいなのが合うんです。

つまり親鸞は妻帯はするし、肉は食うし、魚も平気で食うしで、法然に傾倒して浄土系に入っていくわけだけれど、本当を言うと、法然とはまるで違う。法然はちゃんと僧侶としての戒律とかを守っていて、念仏浄土などをあれしたわけだけれど、親鸞は自分を僧侶とみなしていない。僧侶じゃないんだ、と。禿人というのは日蓮に言わせると、仏法が衰退していく末世において坊主の格好をしているけど、本当は仏法の破戒者なんだというのが、日蓮の法然なんかに対する批判なんですけれど、その当時、親鸞なんかは法然以上に日常生活の戒律を破っちゃっている。法然にひかれて、法然を尊敬して比叡山を下りるわけですけれど、本当を言うと、法然のところにいたのは百日間くらいでしかない。親鸞は法然が戒めた「一念義」、一生のうちに一度念仏すれば、真心からすればいいんだという考え方で、歴然とそうなんですよ。ゆとりがあれば唱えればいいという考え方です。北陸にいたときには「一念義」の人たちと一緒で、それはことごとく法然に背いていますね。法然は京都に地名として名前が残っているみたいに、百万遍唱えれば唱えるほどいいんだという念仏なんですよ。親鸞は一生に一回でいいんだ、生きていて、なおかつ唱えたい気が起こったら唱えればいいんだという、そういう考え方ですね。また法然は京都にいて布教しているんだけれど、親鸞は関東から帰ったあとはあまり布教しない。そこで布教している法然の直弟子の妨げになるのもいやだし、心の中ではちょっと違うからなと、法然には傾倒はしているけど、法然主義者じゃないからなということがあるから、布教もなにもしないで、ただ隠居していただけなんですね。

日蓮なんかは法然門下の人びとをくそみそに言うわけですよ。あの連中は末世に現れる仏法の破戒者だと言っている。親鸞は自分をはじめから禿人愚禿だ、破戒者なんだということを自覚した上で関東で布教しているわけですから、そういう意味合いで言うと、法然をもっともよくわかったお弟子さんなんだけど、自分は法然主義者として浄土宗をあれするというのではなく、自分は浄土真宗だと書いていますね。その意味では全然法然主義者ではなかった。法然の直弟子たちで浄土宗を継いだ人は、親鸞なんていなかった、あんなのは架空の人物だといいふらして、江戸時代までそうなんですね。

親鸞が北陸にいるころ法然は土佐に流されていて、そこから北陸に書翰を送って、俺の弟子だという連中が一念義などと言っているけど、そういうのはやめろとかいってよこすんですけれども、そのなかに親鸞ももろに入っているわけですよ。要するに親鸞が実行したことはまるで反対で、法然みたいにちゃんと僧侶としてのおのれを守っていないし、全然とっぱらっちゃって、そういう意味で自在にして、だらしない、もう一番だらしなくて、宗教者としてはなんか首の皮一枚で浄土系とつながっているぐらいなんですね。

法然の遺言状というのがあります。俺の弟子だといっているのが、ほうぼうにたくさんいるけれど、俺のことを終わりまで世話を焼いてくれて、自分の言う通りに教えを守ってくれたのは二、三人しかいない。それにお寺とか領地を譲るからと書いてあるんですけれども、そんななかには親鸞なんかは全然入ってこない。だけど親鸞のほうは敬意を表している。けれども、やることはまるで違う。仏教のお坊さんとしてみれば一番だらしない、普通の人と同じ。法然との関係は面白い関係といえば面白い関係で、師と弟子というストレートな関係ではない。それは坊さんとしての戒律をいっさい破っている生き方だから、これは宮沢賢治が一番嫌いだったんですよ。親父さんがそうだったんです。浄土真宗の東北地方の割合に有力な信者だったんですが、それでいやでいやでしようがないわけです。自分がそれを改宗させることができなかったら、家にいっしょに住まないなどということを言い出したり、質屋さんみたいな人の弱みにつけこんで金もうけをするみたいなことやめろやめろと親父さんに言っていて、自分は日蓮みたいになれると思っていた。まあそのとおりなのかも知れないですね。後世に日蓮宗の信者として、人がいい意味で言うのは日蓮と宮沢賢治くらいですね。そういう意味で言えば、やかましい宮沢賢治、やかましい日蓮宗の信者として珍しいくらい厳格な人ですね。

日蓮が実際法華経の戒律を守ったのかどうかわかりませんが、とにかく日蓮と同じくらい宮沢賢治は宗派的制約を守った、掟を守ったのは宮沢賢治くらいだといってもいいですね。あとの人は、現在では日蓮宗の坊さんたちは妻帯するし、肉や魚も食うし、ちょうど親鸞の言うとおりになっちゃったんだけど、あの人はそうじゃないですね。宮沢賢治は魚は食わないし、食べてみたけど、すぐ吐いちゃうし、その点では完全に戒律を守った人です。自分の身を殺して人のためにつくす、菩薩というのはそういうものだと日蓮は言うんですけど、宮沢賢治はそれを守って生涯を過ごしました。二人だけですよね。法華経の信者としては、日蓮と並んで宮沢賢治はそうなんですね。曹洞宗では道元と良寛だけはそうなんですよ。ほかのものは同じで、親鸞の言うとおり、妻帯はするし、魚も肉も食う。道元と良寛しか残らないですね。良寛は人の上に立ってお寺を運営してなどというのが苦手で、江戸から偉い坊さんが来て、お寺を継ぐことになる。それは良寛にとって後輩なんだけど、良寛はそこにいられなくなって修行しながら新潟県の出雲崎に帰って行っちゃうんですね。悪く言えば格下の坊さんを連れて来て、良寛を追い払っちゃったということもできるんですけれども、今では格が違うみたいに良寛と道元はみなされていますよね。

そう言えば、宮沢賢治については、その思想や生き方に父親が落とした影は濃厚にうかがえるのですが、母親の影となると、なかなか見えてこないような気がします。吉本さんも、父についてはわりと書かれているのに、母について書かれたものはほとんどありません。それは意識的なものですか、それとも無意識的にそうであったということでしょうか。

それは両方入っているんじゃないんでしょうか。つまりどういうことかというと、母親のことを言う段になると、ちょっと難しいということになるんですよ。僕ら子どもが自分でいろいろ考えたり自覚したりできるようになってから知るかぎり本当に慈母型といいましょうか、いいおふくろさんだよと、学問があるわけでもなんでもないけど、子どものことに一所懸命になって尽くしてと、そういうふうになるわけですよ。ところが生まれた時からの根源的な問題になると、そう単純ではないんですね。僕はびっくりしたのですけれども、野口賢次さんが僕のことを、吉本というのは偏屈な奴でと言っているのですが、偏屈ということは僕自身はよくわかっていて、それはどこに由来するのかといったら、僕が唯一考えられる根拠はね、要するに夜逃げ同然で東京に出てきて、親父が先に出てきて、佃島あたりに小さな舟を造る造船所が二つあったんだけども、そこに大工さんとして勤めて、少し安定してから、おじいさん、おばあさんを呼びよせてるんですよ。夜逃げ同然で、借金を放ったらかしのままで出てきちゃった。その、おふくろさんが出てきた時に、僕はおふくろさんのおなかのなかにいて、こっちに来て一年近くたって生まれたというんですよ。

僕は自分でも偏屈だという自覚に加えて、兄弟の中で見てみると、俺だけが暗い顔をしているというか、俺だけ暗い感じだというのはどうしてなんだろうなみたいなことを、ずうっと前から、十代半ば過ぎから疑問に思っていたんです。ときどきどうしてこうなんだろうと、親父たちに言っても、ニヤニヤというか笑ってとりあわないんですけれども、要するに僕はおふくろさんが夜中に家を出てきちゃったという、慣れない月島の借家を借りて苦労して、貧乏してという生活だったから、それだからだというのが僕の解釈なんですよ。これはおかしいというのはそれくらいしか思い浮かばない。ほかの兄弟はみんないい男いい女なんです。どうも俺はこねこねと屈折が多く、あんまり朗らかでもないし、ずうっとそうなのだから、ここのおふくろさんから生まれたんじゃなくて、俺は違うんかなあなんて言ったんですよ。そうしたら一笑に付されちゃったけど、要するに、それくらいどうも俺だけは違うなあ、おかしいなあ、なんでだろうなあと、原因というか根拠を考えると、そこしか思い浮かばないんで、それだからそこなんだと、僕はわりと人間を判断する、性格とか心を判断する有力な根拠となっているんですけれどもね。そういうふうに思うからね。そこらへんまであれしていくと、かなり複雑に自分のこともえぐりださなきゃならないし、おふくろさんたちのことや時代のことや家のことをちゃんと書かなきゃいけない。それからおふくろは弟の嫁さんには「あの子は子どものときに苦労したからねぇ」と、そんなことを言ったことがあるそうですけれども、僕には全然そういうことは言わないで、聞いてもニヤニヤしているだけです。だけど、僕は察するところ、そこ以外に全然ないはずだ、それをあれしないと意味がないよと思うわけで、おふくろさんのことを描写するというのはむずかしいなというのが僕の実感です。だから億劫というか、書きやすくないんですね。書いてもかまわないですけれど、いつか書いてみようかなと思っているんですけれど、要するに、そこのところが僕の精神分析みたいな、なんか根拠といいますかね、一番の根拠になっている。今でも普遍的な根拠になっていると思っているわけです。御当人は赤ん坊なんだから、なにもわかるわけでもないし、気づいているわけでもないから、無意識のところで入っているんだと思う。それにわりと忠実に振舞うと、やはりおかしい、偏屈だよとか、そうなるわけですけれども、それは自分で実によくわかっていて、それでそれを避けようとすると、意識の部分でですね、これはいかんということで、変えるということがあって、これは変えられていくことがあるんですけれども、無意識の中では、なんかなかなかぬけないというのがあるんじゃないでしょうか。根拠はそこだと思っているから、母親のことを書くと、自覚してからは本当にいいおふくろさんで、子どものためにいろんなことをやってくれるし、尽くすしというような人で、いいおふくろさんだなということしかないんですけれども、だけどなんか溯っていきますと、そこをえぐり出さないと話にもならないと思うと、億劫なんですね。ふれるのが億劫なんですね。要するに。理由と言えばそういう理由なんですね。いつか気持ちのゆとりがあれば書いてみたいと思うんですけど。

そういうところで考えると、吉本さんが米沢で宮沢賢治と出会ったことが、必然といってもいいのかどうかわかりませんが、そう考えたくなるような気がしてきますね。本当に長時間にわたってまことにありがとうございました。

＊註＝三島由紀夫『花ざかりの森』は、『文芸文化』の昭和十六年九月号から十二月号にかけて連載され、十九年十月、単行本として出版されるが、四千部が一週間で売り切れたという。

回想の米沢高等工業学校時代と吉本隆明

正気荘のこと

内海信雄

米沢高工は一年生は全寮制度で、ザワ衆以外はすべて白楊寮に収容されていた。その後、時局に応じて学生が増員されてくると、白楊寮のみでは収容しきれず、新たに第二の寮を作らざるを得なかった。その寮が正気荘である。その名は幕末の水戸藩士藤田東湖作の「正気《せいき》の歌」の詞文よりの名付けであった。寮は各科毎に別々になっており、その一つ一つに正気の歌の詞文を寮名としてつけていた。各正気荘の寮は土間の外に五室に分けられ、各室二名で十名が住み、一棟二寮で二十名が各科に割り当てられていた。

各科毎に棟が分けられて、色染、紡織、応化、機械、電気、通信の科生が割り当てられていた。一棟に二寮があり、一寮は平屋建五室に区切られて、一室は五～八畳で二名が住んでいた。色染、紡織が一棟で、その他は各科一棟の一寮になり、各々名前がつけられていた。応化は富嶽、千秋という名称であった。

正気荘内はこの外に事務室、食堂、浴室と調理場及び料理人宅が付属していて、事務室の奥には舎監の官舎があった。

朝は朝礼と体操がある以外は特に行事はなく、門がなかったので夜の門限はなく、時間的に自由であった。トイレ、洗面所は各寮毎にあったと思う。

各科毎に二年生の寮長がいて、全寮長として三年生の人が住んでいた。舎監は軍事教練の助教官で陸軍准尉の大場と言う人であった。舎監は朝礼以外舎生に特にガミガミ言わない人で、ストームには大いに怒ったが、その外は温厚な人だった。特に彼の息子は同級生なので、応化生には温情深く接してくれていた。小生や吉本君は同じ寮で、彼は寮長の野村光衛さんと同室で、その隣りに小生と菊地寛君がいた。

正気荘内では米沢高工独自の対科意識が強く、同じ正気荘の中なのに、お互い馴染みが少なく、交際がなかった。その点、白楊寮とその気質が異なっていた。白楊寮にはそれがないので、割りと明るく、自由で伸び伸びとしていた。

浴室は広く、おそくなると、舎の従業員及び家族も一緒に入るので、奥さんや幼い女の子等と共に和気藹々と入浴していた思い出がある。戦時下で、総て食糧は配給制度なので、食い盛りの寮生は常に空腹で飢えていた。ストームは入寮時は歓迎ストームなどあったが、器物をこわすことは厳禁で、大場舎監はきびしかった。そのため、先輩の言うようなストーム

正気荘配置図

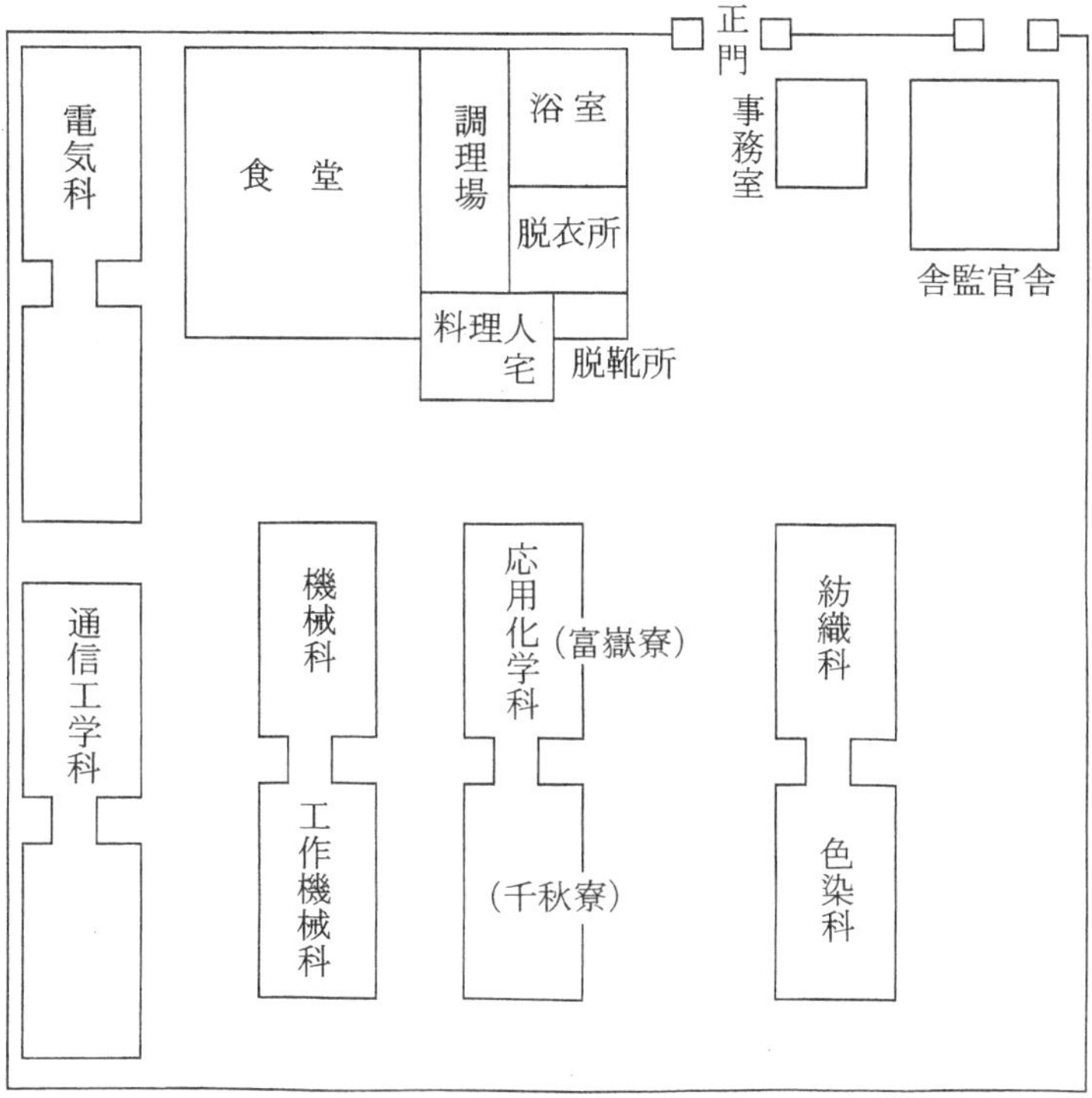

昭和17年当初入寮時の応化生部屋割

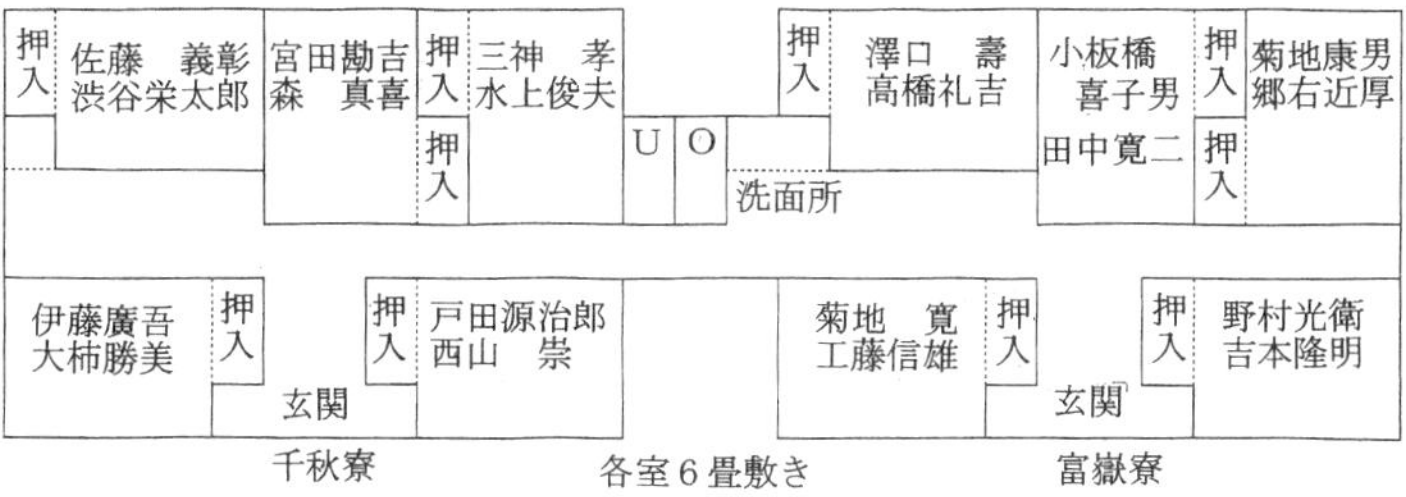

は舎内ではなかった。

小生は正気荘には半年間しかいず、九月には本格的自治寮の親和寮に移り、吉本君は応化寮に移りました。

戦時下の物のない時代なので、下校すると物を食いにいくか、映画と読書と駄弁る外に楽しみはなかった。映画は封切りを待ちかねて観に行ったものです。おかげで十七年〜十九年の日本映画は殆ど観ていました。

正気荘は白楊寮と異なり、設備品が少なく、図書、レコード等は一切なかった。庭から真西に愛宕山が見え、愛宕山に登ることも楽しみのひとつで、よく山に登った思い出があります。戦時下の米沢の学生生活は陰鬱で暗くわびしいものでしたが、楽しい思い出としては、米沢郊外への散策、ブドウ、リンゴ狩り、上杉さんのお祭り、愛宕山登山、ナデラ縦走とか歓送迎会の温泉行とかでしょう。

学生時代の想い出

小板橋喜子男

＊正気荘のこと

五棟十戸　二戸――六畳五室　一室二人　この中に応用化学科生は一棟二戸。

＊富嶽寮　五室

野村光衛（寮長）――吉本隆明　郷右近厚――菊地康男　高橋礼吉――澤口壽

工藤信雄――菊地寛　小板橋喜子男――田中寛二

＊千秋寮　五室

水上俊夫――三神孝　西山崇――戸田源治郎　宮田勘吉――森真喜

渋谷栄太郎――佐藤義彰　大柿勝美――伊藤廣吾

＊人　数

正気荘として約百名収容（一年生）、応用化学生は二十名うち寮長一名は上級生。

＊舎　監

正気荘の構内入り口近くに舎監室あり、大場教官（陸軍准尉）で、長男大場忠男君は応用化学科一年に在籍、同級生。

＊役　員

各科には寮生監督を兼ね、二年生或いは三年生の寮長がいて、連絡係をしていた。寮長は学校側からの任命である。

＊行事・レクリエーション

正気荘としての行事は朝の体操程度しか覚えなし。運動会、スキー大会、水泳大会など学校行事としてやっていた。

＊規　則

規則はあったと思うが、思いつかない。ただ門限は午後九時であったと思う。

＊寮費・食事代

両者あわせて十八円であったか、二十円であったろう。学費は兄から送ってもらったので、月々四十円ずつ送ってくれたのを学校へ支払い、その残りの小遣いを節約して貯金にまわしたのを覚えている。

＊アタックとネグリ

この対象となるのが、さくらんぼとリンゴである。その季節、夜になると何人かでこっそり、さくらんぼやリンゴを頂戴に出かけ、許しもなくいただくのである。見つからぬことが肝心である。翌朝の食卓に僅かでもデザートとしてあれば成功である。

＊エスケープ

授業の途中から抜け出して、街に出たり、隣の林泉寺の木陰で昼寝をしたり、喫茶店には松島屋や明治製菓などがあった。

＊コンパ

生徒の大きな集会、小さな集会をコンパと称した。

＊仮装コンパ

正気荘の応用化学科全員で小野川温泉へ行った。借りて来た衣装が主であったが、各人の独創で賑やかであった。鴉会という名称はあとで知ったことだが……。

画家…大柿　中国人…菊地　労働者…吉本　軍人…森　婦人…三神
牧師…小板橋　看護婦…宮田　鳥追い…田中　花売り娘…澤口
国防婦人…渋谷　虚無僧…佐藤　大学教授…西山（現・関口）
丹下左膳…水上　女工…工藤（現・内海）　婦人…伊藤　僧侶…戸田

＊女性同伴ゲーム

これも鴉会でやったこと。夜、街の繁華街の人通り多い地点数箇所に監視員が配置されて、各人がアタックにより女性と連れだってその地点を通過し、その回数が多いのが良い。その点数を競う。女性のことに疎い、田舎出身の小生にとっては大変に困ったゲームであったが、スリルもあった。

＊入学当初の小生のこと

私の家はごく普通の農家であった。高崎中学などを出られたのは私が村の学校で多少出来が良かったからで、陸軍士官学校など、官費の学校を受験したが不合格であった。就職せねばならないと思っているところへ、中島飛行機に勤めていた兄が「俺が出してやる」の一声で進学が決まった。而し、浪人は出来ない、必ず合格しなければこのチャンスは確実に失われる。まず、高等工業で、受験科目が少なくて、歴史のある学校ということで、入試は英文和訳だけで、対数などがない米沢高工が選び出され、距離の近い桐生高工は、はずされた。受験は東京会場の三田の藤原工業大学（現・慶應義塾大学理工学部）で行われたが、田舎中学生の私は、初めての東京であり、受験当日、三十分遅刻してしまい、漸く受験させてもらったので、私の今日がある。合格して、入学式には父に付き添われ、当日の夜、父は私と一緒に正気荘の私の部屋に宿泊した。その夜のこと、上級生によるストームの洗礼を受けた。夜半にたたき起こされ、酒を飲まされ、その上に説教され、お前はいやに年をとっているな、負けずに頑張れよ、等々。

父も私も初めて出会ったストームに唯々恐縮していた。百姓で一生を通した父も亡くなって久しい。このことは寮の隣室にいた澤口壽君が詳しく想い出を語っている。

＊友人との談議のこと

全員集合しての話し合いは殆どないが、家から何か持って来た時など、向う三軒両隣りでお茶を飲み乍ら自然と集まる。集まれば何人かで白布高湯温泉に行くとか、私は会津の熊川澄君の家に行くことにした。白虎隊の墓、猪苗代湖に行ったのはこの時である。旅行の相談などもしたものである。試験が近い時などは、先輩の残してくれた前年、前々年の試験問題を参考にして、出題傾向の検討などをした。

＊先生との交遊

正気荘の時には殆ど先生との交わりはなかったと思う。親和寮に移ってからは、寮の記念日などには吉田土佐次郎応用化学科科長先生をお呼びして、一杯やり乍ら、寮の方針などについて懇談した。

＊アルコール

小生、酒は余りやらなかったので、詳しいことは不明。唯、会津からの友達は帰郷の折にはドブロクを二本ぐらいリュックに入れて持ち帰り、それをご馳走になった覚えがある。

＊ストーム

入学した翌日から応用化学科の庭で円陣をつくり肩を組み、輪となって応援歌を歌い、足をあげて踊った。先輩達はその輪のまわりを踊って歩き、新入生には辛い日課であった。而し、歌も覚え、科の雰囲気にとけ込んで行った。正気荘と白楊寮とのストームのかけ合いをお互いにやり合った。白楊寮の有志が正気荘にストームをかけた。舎監の大場先生は木刀を持ってこれを受け、退治したという。その際、ドテラの袖を千切られて逃げ帰ったとか、翌日に息子の大場が届けてくれたとか……。

＊ファイアストーム

夜、校庭にたきぎを燃やしてその火を囲み、何時迄も歌い踊り、青春の一夜を語り明かした日もあった。

＊米沢の飲食店のこと

米沢市内では、松島屋あたりでコーヒー一杯でねばったり、明治製菓で県人会をやったり、菅野牛肉店で肉をつまみ乍ら懇談した覚えがある。

＊米沢人との交遊

米沢興譲館、私の県には昔の藩校の名を受け継いでいる中学はなかったので、興譲館中学はとても羨ましかった。ここの出身者には大場、北村、須賀、小山、岡崎、赤間君がいた。毎日弁当持参の友からは弁当のオカズの分け前にあずかったり、弁当そのものの一部を頂いたり、その恩恵にあずかった。尚、親和寮に移ってからは、寮の小母さん達、隣組の方々と薪取り、芋煮会で親しく交わり、又、休日など友達と農家に手伝いに行き、米沢の田んぼの中を鍬を持って土を引っくり返して、銀シャリという真白いお米を頂いたこともあった。皆、大変良い人達であった。寮の隣りの針金さんは米沢工業学校（通称県工）の先生でした。

＊寮で流行ったこと

入学して初めての冬、夜になるとスキーを担いで上杉神社へこっそり滑りに行く。行ってみると滑れない寮生で一杯でした。多少上達すると、大森山、御成山、小松スキー場、更には蔵王まで出掛けることが出来た。スキーは楽しかったが、最初は苦しみであったと思う。吉本さんも滑れない組であったと思う。当時はスキーウェアもなく足にゲートルを巻いて頑張った。燕の様にスイスイと飛び廻る米沢出身の人達が何と羨ましかったことか……。

＊吉本さんのこと

一、府立化工からの推薦入学であろうと思っていた。府立化工出身者は二年にも三年にも居り、毎年一人ずつ推薦でくる伝統校で、化学実験など化工の時の繰り返しと思える程うまくスムーズであった。

二、数学やその他の専門科目でも大変出来が良く、余裕を持ってやっていた様だ。それ程勉強している様子もなく、頭が良く、私も数学などを教えてもらったものである。

三、気の合った友達とよく街へ出かけ、酒など飲んで来ることもあった。

四、吉本さんは寮長の野村光衛さん（二年生）と一緒の部屋であったが、それ程緊張している様子もなく、所謂勉強家ではなく、むしろ本筋の外の文学に力を入れていた様だ。

五、宮沢賢治のことが好きらしく、よく口にしており、文学に無知の私もこの時宮沢賢治を初めて知った。また今から思えば文学らしい雰囲気も初めて味わったのだろうか。私と同室の田中寛二は吉本さんを崇拝していた。吉本さんが花巻に出かけたのは昭和十八年の終り頃であったと思う。帰って来てさらに宮沢賢治熱が高まったであろう。記憶は薄いが……。

六、正気荘生活の一年が終る前に、吉本さんは応用化学科自治寮の応化寮に、郷右近、西山も移った。私は親和寮へ移った。

七、応化寮へ移って、昭和十八年秋に応化寮誌が出たとき、吉本さんが巻頭言を書いたと山口準一君が『るつぼ』に書いている様に、雑誌の序を書いたり、理科系の普通の生徒とは違った生き方をしたようである。子供の頃から府立化工時代まで通っていた今氏乙治さんの影響があろうか、持って生まれた天分なのであろうけれども……。

応化寮のことについて

大塚静義

一、寮の位置

昭和十四年オープン。応用化学科科長吉田土佐次郎先生は学生時代の寮生活の意義を重視し、既にあった親和寮のほかにも寮を持ちたいと考えておられたと思う。たまたま長谷川酒造の空いている持ち家があったので、これを借り受け、新たに応化寮を開設したものと考えられる。吉田先生と長谷川酒造の主人とは昵懇の間柄にあったこと、この家がいろいろな理由から借り手がなく、空き家の状態が続いていたことで話が急速に進んだ。

二、寮の規模

はっきりした資料はないが、建物は木造の日本家屋で一部二階建て、坪数は六十〜七十坪位、庭も二百五十坪はあったと思う。但し規模は大きいが、豪邸ではなく、手入れも十分行き届いていたとは言い難い。部屋数は一階五室、二階二室位か、他に台所兼食堂の大部屋があり、囲炉裏もあって、焚き火を囲み、よく談笑した。

三、寮生の人数

開設時は九名、三年生五名、二年生三名、一年生一名、そのあと秋には十名となった。更に次年度は十二名となった。入寮時当初は吉田先生が、国分先生と初代寮長戸田正太郎さんと相談して決められたと思う。そのあとも同様ではなかったか。

四、寮の組織

寮長（初代　戸田正太郎、次代　標葉二郎）のほか、会計（初代　林長次、次代　大塚静義）があった。寮監は特にいなかったが、実質的には国分先生が当たっていた。賄い婦として佐藤さん母娘がやってくれた。

五、行事

芋煮会や一泊でレクリエーションを実施した。また、吉田、国分両先生を囲み、懇親会を開いた。

私の在寮中は二、三回開催した。

六、規則

特になかった。門限もなかった。自覚に委ねられていた。但し、周囲の住民から顰蹙を買わぬように注意されていた。

七、寮費

食事代を含め月十七～八円位か。

八、懇親・宴会など

寮全体の会は五でふれた通りだが小人数でやる場合は努めて寮生個々の生活を重んじ、迷惑をかけぬよう相互に注意を払った。大学受験する者もあり、勉強家が多かった。酒宴は外に出てやった。なかには豪傑がおって、料理屋の常連でいい顔になっていた者もいた。よく行った店は八祥園、竹乃園、新登起波、百萬、東家など夫々にお目当てのメッチェンがいた。東家は門東町で寮に近く、米沢一の料亭。よく出かけ、料理は注文せず、酒だけ飲んで帰った。たまたま亭内で吉田先生にばったり顔を合わせて慌てた御仁もいた。

九、吉田先生のこと

佐賀のご出身、葉隠武士、厳しかったが、情に厚い忘れ難い恩師であった。その一端は『おらは会誌』（昭和十六年三月応化卒のグループ誌）第十一号に投稿したものを参照されたい。

十、米沢人との交遊

寮に入っていた者は個人的には余りなかったと思う。但し、米沢の人達の品格と気質、鷹山公を敬い、藩風を受け継いでいると気づくことが多かった。校歌にある「勤倹習いとなりたるこの地」を地で体験できたことを幸せだと思っている。米沢の女性の優しさに心を引かれた者も多かったのではないか。

十一、寮の雰囲気

一言に言って質実にして剛健、勉学に勤しみ、寮生お互いに尊敬し合い、全体がよく纏まっており、悔いなき青春を過ごすことが出来た。つまり寮生一人ひとりに個性があり、クラスを代表する人物が多かったように思われ、互いに切磋琢磨し、楽しく思い出深い生活であった。

想い出すままに

菊地　寛

昭和十七年四月、私は約六十名の旧友と共に応化生として米沢高工に入学した。地元出身の通学可能者十二名を除く約三分の二ほどの遠隔地出身者は、みんな学校付設の寄宿舎に入り、約一年間寮生活をすることになった。寮は二カ所に分かれ、学校構内の白楊寮に約三十名、さらに学校から上杉さん方向へ一寸行った所にある正気荘に十九名が入寮した。勿論、他学科生も一緒である。六畳二名であった。白楊寮、正気荘夫々に一年先輩の人が一人ずつ寮長として同宿していた。私達の正気荘の寮長は野村さん、その野村さんと同室だったのが吉本であった。私は玄関を隔てて右の寮長室に対して、左の部屋で内海（工藤）と同室、寮長と吉本の部屋の前は廊下を隔てて郷右近、その隣りが田中寛二（のちに私が半年間同じ下宿に入れてもらった）等であった。

正気荘のうち、応化生の十九名は棟続きで更に二寮に分かれ、入り口は夫々別で、右が富嶽寮、左が千秋寮となっており、中は廊下で連絡していたと思う。

恐らく入寮最初の晩だったと思うが、寮長中心に一室に集められ、自己紹介を含めたコンパが行われ、印象的だったのは、能代出身の田中寛二が、うまい秋田弁を演じてみせ、「わしゃ、つまんねーもんだス、金もなーもねぇもんだス」と、ひとせりふやってみせたことを今でも鮮やかに覚えている。

それにしても、埼玉の北部、利根川べりの純農村から生まれて初めて他地方へ出て来た私にとっては、米沢は立派な伝統ある地方中心都市、そこへ集まってくる全国からの級友達の何と自分より兄貴に見えたことか、私は只管兄貴達のご意見を黙って拝聴するという仕儀で過ごしたように思う。その兄貴達の中で、背も高く顔つきも大人びて風格があり、ひときわ存在感を感じさせられたのが他ならぬ吉本であった。殆ど無口のようであったが、何か内奥の一点を見つめるような視線、恐らく他の友人達のように談笑するという様子は殆ど見たことが無かった。

十七歳とはいえ、初めて親元を離れて独り暮らしする者にとっては不安と心細さがまだ残る一週間ほど経った頃、歓迎ストームと称して校庭にどこから集めたのか、薪を積み、アルコール等を振りかけて火をつけ、周囲を上級生に交じって何十人とスクラムを組み、リーダーらしき上級生が応化シンボルの旗を振り、大声で応援歌を歌いながら踊りまくるへんな行事に面食らった。

　その頃ある晩も校庭で同じようなストームがあるからというフレが回って来たが、私はあのような行事が何としても納得出来ず独り部屋にこもって過ごしていた。十時頃だったか、未だ相棒は外出したままの時、吉本が少し酒気を帯びた様子で部屋に入って来た。そして私に言った。君は純だから本を読め。特に教科書以外の本を読めと言う。どんな本を読むのかと聞いたら、寮内の友達の本でいいから手当たり次第読めと言う。小説だって何だっていいと言う。小学校時代は教育勅語、長じては軍人勅諭と皇民教育に育てられた私は心の中で、この非常時にその筋から見つかれば必ず厳重注意されるであろうような振舞い、例えばストームのような物資の無駄な消費、未成年で而も親のスネカジリの身で酒を飲んだり、暴れたり、国民の士気に反するような行動をにがにがしく思っていたから黙って聞いていたのだが、何となく或る種の畏れを持っていた彼の真実味を感じたので、出来る丈、本を見つけては読むように思ったことであった。その時、又忘れられない言葉を彼の口から聞いた。「俺は同級のみんなより思想的に三、四年先を歩いて居る」という言葉であった。

　私は具体的にどういう意味か解らないまま、頷きながら聞いていたように思う。要するに、物事の認識に於いて、君等より大人だ、世間もよく知っているという位に思っていた。そして、毎日のように授業が終ると、文学探求というか、人間探求というか、その頃は、吉本、田中、郷右近等は、やれ宮沢賢治、太宰治、やれ横光利一等々を話題にしていた。私は例によって、遅まきながらボツボツと島木健作、横光、太宰とかの本を読んでいたが、何ら感動を覚えるようなことは無かった。そんな中で、昭和名作選シリーズの岡本かの子の『鶴は病みき』という短篇集の中、特に『鯉魚』とか『花は勁し』という小説に生まれて初めてこれは他のものとは違うという震えるような感動を覚えたのであった。その後、私は毎日新聞の広告欄で、日本海にて機雷事故の為、沈没した敦賀―清津間の就航船気比丸と運命を共にした京大生、弘津正治の『若き哲学徒の手記』の記事を見て、盛文堂書店に取り寄せて貰い、読んだところ、前記の岡本かの子の『花は勁し』にべた惚れ感動した記述があり、これは全く同感だと嬉しく思い、先頃吉本が私に本を読めと説いた意味が確と理解できたのであった。その頃、彼は又推薦する著者として、蓮田善明、芳賀檀、保田与重郎等の名を上げていたが、私もそんな余裕などなく、あとあと観てみると、みんな惟神の道とか、皇御国とか、皇国民とか、八紘一宇等に連なる内容であったことを想い出す。

斯くして入学の年が明け、十八年の春には吾々は街中の下宿暮らしとなり、吉本等約十二名ばかりが新年早々からやはり街中の自治寮である応化寮と親和寮に四、五人ずつ入寮して卒業まで過ごした筈である。

その後、いつの頃だったか、どう見ても寡黙な吉本が口にしたことに、宮沢賢治に関して「兎に角、東北という風土が凄いんだ、岩手という風土が凄いんだ、人に与える影響が凄いんだ」と言って居たことを想い出す。今から思えば、人智が踏み込まない山野が天才に与えた影響、大自然もろ共にある天才とでも言えるのかどうか。初めて会って間もない頃から彼の奥深さというか、兎に角、読書力には測り知れないものを感じて居たことは事実である。

その頃は、配属将校の言葉を借りれば「大学、高専は今や予備士官学校である」ということで、軍事教練もしっかり行われ、世の中が軍事色で慌ただしかった。十八年には寒河江《さがえ》という処で徴兵検査を受けたりもした。

就業年限三年のところ、半年繰上げて卒業させられ、更に半年さかのぼる十九年の四月から就職と連動させた学徒動員として夫々軍需工場へ就職させられたのであった。私は石川県の小松製作所へ、さらに六月には同敦賀工場へ転属、十九年十二月まで鋳造工場見習い、二十年一月より八月まで兵役、熊本で終戦を迎えた。復員後、小松は軍事工場のため閉鎖（翌二十一年農機具製造工場として再開）、二十一年三月より東京葛飾の印刷インキ会社に就職、顔料製造作業に従事していた。その顔料工場は堀切にあり、堀切の隣り街がお花茶屋という所、そのお花茶屋の住宅街に吉本の住居があったのである。勿論、工場から歩いて行ける程の距離である。まるまる一年間位離ればなれになった後、どのようか定かでないが、記憶を辿ってみると、たしか二十四年頃まで吉本と連絡がとれて居たように思う。その間、何回か吉本家を訪ねたり、彼が私の居る工場へ来たりしたこともあった。彼は工大生から特研生、化粧品会社のアルバイト、東洋インキへ就職する頃までの時期だったと思う。その頃の思い出を断片的に記せば、彼のお宅へ伺ったとき、座敷の押入れを開けて、最近書いた詩だといって数枚の紙に書いたものを見せて貰ったことがあったが、相変わらず語句は読めても何を言っているのか、さっぱり解らなかった記憶がある。その頃、近所に川上という詩を書いている人が居るんだということを言っていた。兎に角、私の質問に対して彼はこのような詩を書くことによって自分を知るのだという説明をして呉れたのだが、私にはムリであった。

それよりも何よりも私の目に止まって驚いたことは、押入れの中にズラッと分厚い本が並んでいて、その本の名前が『国釈大蔵経』という名前の本である。いずれ宗教の経典だろう位に直観的に解ったが、殆ど彼との会話はこちらはごく普通の常識的な話題で直面している疑問点を尋ねることが主で、彼の話を真剣に又楽しみに聞くことがすべてであった。或る種の一方通行の様相である。

又、ある時は工大生の時、「昨日は太宰の家へ行って来た」という話。その頃、工大で芝居をやることになり、演目が太宰の「冬の花火」、それを演出するということだったのであろう。その件で三鷹だったと思うが、太宰のお宅を訪ねたら不在であった。それではということで門口を出ようとすると後からお手伝いさんが駆けて来て、学生さんだからこっそり内緒で先生の居る所を教えてあげると言われて、先生いきつけの飲み屋を教えてもらい、その飲み屋を訪ねて記者と二人で居る所へお邪魔した話。

顔料技術の質問をしたりしたこともあったが、とても親切に対応してくれたものだった。敗戦後の数年の頃、私は太宰治と小林秀雄の本を好んで読んで居た。勿論、難解な部分もあったが、感じる所も多かった。或る時、吉本が小林秀雄を卒業したと言った。私も内心、凄い事を言うなと驚いたが、本当にそう言ったのである。そして又、思想のモデルを求めないと自分に誓ったんだとも言ったのである。そのあと、昭和二十四年十月に、小林秀雄『私の人生観』創元社が出て、私は読み了る頃、はたと吉本の言葉を想い出したのであった。その小林秀雄の文章とはどんな文章であったか、因みにその文章を古びた創元選書から転記してみよう。

「思想が混乱して、誰も彼もが迷つてゐると言はれます。さういふ時には、又、人間らしからぬ行為が合理的な実践力と見えたり、簡単すぎる観念が、信念を語る様に思はれたりする。けれども、ジヤアナリズムは過信しますまい。ジヤアナリズムは屢々文化の巧まれた一種の戯画である。思想のモデルを、決して外部に求めまいと自分自身に誓つた人、平和といふ様な空漠たる観念の為に働くのではない、働く事が平和なのであり、働く工夫から生きた平和の思想が生まれるのであると確信した人、さういふ風に働いてみて、自分の精通してゐる道こそ最も困難な道だと悟つた人、さういふ人々は隠れてはゐるが到る処にゐるに違ひない。私はそれを信じます」

その後、私などは前記文中の「平和といふ空漠たる……」から最後に到る文章にえらく勇気付けられているように思う。又、「思想のモデル……」なる部分が吉本の言葉と一致していたことは今思ってみてもその認識の深さに驚嘆を禁じえないのである。

追記

授業が終り、文学論とか人生論を話題にしていた頃、何か周囲でトラブルめいたことが起こった時、吉本は一寸離れた処で小声で「ツマラナイカラヤメロトイイ」だよとつぶやくように言って居るのを耳にはさんだことがあった。いうまでもなく「雨ニモマケズ」の中の一節だが、その頃は私などはよく知らなかったのである。

又、昭和二十二、三年頃、私が顔料工場に居る頃、彼が推薦してくれた本で、岩波から出たフランスの医学者クロード・ベルナール（三浦訳）の『実験医学序説』に大変啓発されたことを覚えている。

米沢高工の思い出

澤口　壽

米沢高工へ

昭和十七年三月、雪深い米沢駅に降り立った。当時の米沢高工を受験のためである。駅前のなんと寂しいほどに静かなたたずまいは、笈を負うた青雲の志高き少年?の夢とは余りにかけ離れた街並みだった。幸か不幸か、運の尽きか憑きか、応用化学科に合格してからの米沢で暮らした期間は、私の今までの人生の約三パーセントに過ぎないが、その及ぼした影響はかなりのウエイトを占めているように思える。合格したこの年度から就業年限は二年半に短縮された。

正気荘のこと

私の宿舎、藤田東湖の「正気之歌」に因んだ正気荘は、昭和十四年に建てられたと聞いている。私の入った昭和十七年は、五棟はそれぞれ紡織・色染科、応用化学科、機械・工作機械科、電気科、通信工学科に割り当てられ、一棟二戸、二戸六畳五室、一室二名であったから、寮生は全員で百名であった。応用化学科は廊下でつながる富嶽寮と千秋寮に新入生十九名と寮長の野村光衛先輩の二十名であった。この寮長野村光衛先輩と同室であったのが吉本隆明君である。彼はその年の秋に応化寮に移った。入寮したその夜、早速ストームの洗礼を受けた。近くの部屋から先輩の大声が響く。「起きろーッ。（まだ夜半だというのに？）飲めッ（アルコール！）、何だお前は、いやに齢をくっているな。まぁーいいや、頑張れよ、入るのが遅れても大器晩成てなこともある。……」等々、《良き先輩に恵まれた》。翌日聞くところによると、前の晩、新入生の某君の親父さんが一緒に泊まっていたそうな……。

エスケープの話

大沢、村山の両君と私の北海道出身者三人で、斜平山でのスキー教練の時間の途中から、脱走して白布高湯で他に客のいない冬の宿屋に泊まった思い出があるが、その大沢君は壮年にして逝ってしまった。村山君は平成八年に骨髄腫で斃れた。

学業と生活

「吾妻は聳えて高きをさとし　松川流れて遠きをしめす」（米沢高等工業学校校歌・土井晩翠作詞）も「君を松川澄む水かがみ……吾妻しぐれて米沢晴れて」（米沢音頭・中山晋平作曲）も織り交ぜてのアッという間の満二年であったが、戦時中にもかかわらず、米沢は疎開もなく、ドイツ語の課程が進まぬうちに化学の講義にドイツ語の用語が使われたり、数学で習わぬうちに物理で微積分が出てきたり、無茶苦茶に履修科目を積め込まされた。社会に出てから科学的素養?が役に立つことがあったのも、そのお蔭と感謝することにしている。一年生の昭和十七年は未だ開戦一年目で、戦局は有利に展開していたせいもあってか、学生生活は結構青春に夢と希望を齎《もたら》したものであったが、昭和十八年ともなると、漸く戦局が厳しくなり、この秋には文科系の学生の徴兵猶予がなくなり、学徒出陣がはじまった。

　二年生からは寮を出て、民家に下宿することになり、初めは学校正門まん前の家、次は同級生の岡崎太郎君宅（旅館経営）、最後は城址搦手門（上杉神社裏門）濠端の下宿屋へと三回引っ越しをした。この二年間は勉学もさることながら、寮生活・下宿生活を通じて、教養的書籍をかなり読んだ。特に「春と修羅」、「永訣の朝」など、宮沢賢治の詩、童話には惹かれた。宮沢賢治については、同級生吉本隆明君の碩学蘊蓄による所が大きい。戦争も厳しくなり、いずれ長くはない生命との死生観もあり、今のうちに人生を充実しなければとの焦燥が然らしめたのかも知れない。所謂、多読乱読である。後に戦争が終り、民主主義の世の中に移行した時に、案外抵抗なく順応していけたのもこの余得と思う。人間、やれる時にはやっておくものである。昭和十九年四月になると、学制改革で米沢工業専門学校と名称が変更になり、科名も化学工業科となった。三年生になって卒業研究することになっていたが、戦時中のこと、学徒勤労動員の訓令が発せられ、特に技術系の学徒は進学する者を除き、軍需工場へ動員されることになった。しかも、卒業後の就職先においてということであった。就職先は就職統制で、厚生省から割り当てがあり、幸い、私は割り当てのうち、出身地の北海道にただ一つあった北海道人造石油株式会社の銓衡を受けた結果、九月卒業とともに採用する旨、五月一日付で内定があった。同級生もそれぞれの就職予定先へ動員が決まり、授業もおこなわれなくなっていた。

吉本隆明君のこと

吉本隆明君の詩集「草莽」発刊を手伝ったのはこの頃である。当時、紙も金も無い時代である。どこからか、ガリ版刷りの原紙を見つけたり、ザラ半紙を調達したりして、ガリ切りやら謄写印刷を手伝った。大したことをした覚えはないが、彼は詩集の結語に私への謝辞を載せてくれた。彼の律義さである。

彼にはそういうところがあった。普段の彼は無口であった。言い出して高揚してくると、論議風発、語彙豊富、止まるところがなく、しかし、相手が異次元と識るや、一転寡黙となり、話題を転じ、同一問題について再び論議することは無かったように記憶している。私はそれから間もなく、前述の北海道人造石油株式会社留萌研究所へ赴いたのであるが、六月十二日に父が函館の家で他界し、葬儀など後始末をして、再び留萌の宿舎に戻った六月二十六日に彼に葉書を書いている。内容は記憶に定かではないが、時期的にみて、父の死に遭遇し、「草莽」を想起して近況を記したものと思う。

その後、九月十八日、米沢の母校で行われた卒業式に出席して卒業証書を受けた。級友は再会を約し得ないまま、それぞれ軍隊や工場や大学へと全国各地に散って行った。その時吉本隆明君と会ってから以後、彼とは会っていない。

戦後、庶民が皆そうであったように、私も無我夢中で生きてきた。その間の幾度かの転居で、「草莽」の創刊本を逸失してしまい、今、手許にあるのは、級友菊地寛君から貰ったコピーである。昭和六十三年、所用で上京した折り、時間的な余裕があったので、宿舎から吉本隆明君の家に電話を掛けてみた。彼は「旅行に出ていて留守」とのこと、令嬢ばななさんであった。平成八年、新聞で彼が溺れたという記事を見たが、あの水泳の得意な彼がと、信じられなかった。

天衣無縫の美しき時代

郷右近　厚

○　プロローグ

昭和十七年から十九年の戦時色が深まる中で、城下町米沢は我々のガムシャラな青春をやわらかく包みこんでくれた。その中でも吉田土佐次郎先生の公私に亙る慈愛と、山沢ミのさんの笑顔に甘えた我々の生活は天衣無縫であった。又、米沢盆地を取り巻く山々の春夏秋冬の光と影は数々の思い出を演じてくれた。一方、正気荘、応化寮に於ける生活も青春を綾なす一頁となった。

○　正気荘にて

片五十騎町という古風な名前に期待した屋敷町とはちょっとちがってガッカリしたが、全国から集まった新入生が打ち解けるのには時間がかからなかった。一、二ケ月後には類は友を呼んで同人雑誌を作ろうということになり、誌名は「からす」に決まった。これは黒いマントの飄々とした姿と、ボードレールの詩の影響である。田中寛二と私が熱心に編集した。四号で終わったような気がする。（今、考えると二号ではなかったか？）

その頃、吉本隆明が図書館でボードレールを原書で読んでいるのでびっくりした。彼は学校の勉強は教室だけで、その他は文学書ばかり読んでいた。宮沢賢治の研究はこの頃のようで、花巻を訪れ、賢治のバックグラウンドの何をみてきたのか？

○　応化寮にて

一年生の秋に応化寮に転入した。正気荘からは吉本、関口（旧西山）と私、白楊寮からは高場、山口、奈良岡が入ってきた。この寮は応用化学の自治寮として各学年から数名が入り、料理の小母さんが居るだけで、何の制約もない自治の精神を養う場であり、冬には広い板敷きの台所の真ん中に切ってある炉に薪を燃やして炉辺談議で夜を更かし、金があれば街へ繰り出して酒を飲み、青春を謳歌していた。

応化寮の寮祭は秋の頃であったろうか。白楊寮のバンカラ寮祭と違って、街中にあった為、戦時下という環境でおとなしいものであった。吉田先生や国分先生を呼ぶ時には、酒の工面はいつでも大家さんの長谷川酒造で、酒が手に入らない御時世にあれやこれやと策を考えては交代で番頭さんに渋い顔をされた。

尾賀泰次郎（C一七）、野口賢次（C一八）等酒豪の先輩に酒をきたえられたのがなつかしい。昭和五十八年秋、尾賀さんが北米に、私がフィリピンに勤務することが決まったときに九州別府で飲む機会があったが、尾賀さんの痛飲振りには磨きがかかり、二日間にわたって飲み続けた。米沢の八祥園も酒の肴になった。四十年の歳月もどこかに飛び散っていた。

○ 実験室について

フラスコ、コンデンサー等の硝子器具の妖しい光に魅せられ、講義の時間よりも活き活きしていたのが実験室であった。ここで起きた一大珍事は今も記憶に生々しい。これは本人の名誉のために名前は伏せておく。ガラス器具の洗浄に使用する重クローム酸混液の調整に、間違えて過マンガン酸カリと硫酸を混ぜ、密栓して振った為にフラスコが爆発、その混液は教室中に飛び散り殆ど全員が被害を受けた。本人は勿論、包帯が取れた後もアバタ面でひどいことになったし、隣にいた宮田勘吉はメガネをかけていたにもかかわらず、横から入った硫酸の為に眼球に凹みが出来ていたのを覚えている。殆ど全員の実験着が多かれ少なかれ硫酸で穴があいた。社会に出てからの実験には慎重になった忘れがたい教訓である。

○　吾妻、蔵王、ナデラの山々

冬の米沢の思い出は雪であり、スキーである。冬の土曜日の午後は教練、体育の時間をまとめてスキー教室が開かれた。未経験者でスキーマニアになった者も多かった。長野県出身の関口（旧西山）、新潟出身の水上と吾妻山にスキーツアーに行き、関口がスキーを折ったため帰りは真っ暗になって苦労したことがあった（私は風邪から肺炎になり一週間も四十度近い熱で死ぬ一歩手前だったようだ）。又、水上と二人で蔵王山頂近くで霧に巻かれ、吹雪かれて数時間さまよい、遭難一歩手前で軽い凍傷になった事など、思い出してもゾッとするような無茶な若さであった。

しかし、ナデラの春はすばらしい。麓に雪崩のブロックが仄青い光を湛え、空は明るく澄み切って冬からの解放を告げている。青春にふさわしい春である。

○　エピローグ

コンピューター時代になり、時間軸のスピードがあがり、生活が時間に押し流されていく時代となった。戦中戦後の混乱と発展の時代を生き長らえ、振り返ってみれば天衣無縫の米沢時代が古き良き時代といえようか。この事を卒業アルバムに残してくれた吉本隆明の言葉を借りて終りとしたい。

序　詞

人ハ知ラズ知ラズ過ギ去ツタ日々ヲ美シク追憶スル
ソレハ人ノ心ノ中デ醜キモノダケガ歳ト共ニ影ヲ失ツテ行クカラナノダ
　所詮ソレハ人ノ真実ナノダラウ
我ラガコノ中デ現ジテヰル沢山ノ表現ハ
ミンナ若キ日ノ至純ノ巨キナ熱ノ発露ナノダ
誰ガ我ラノ過ギシ二星霜ノ至純ヲ再ビ現ジ得ヤウゾ
我ラハイマ
　各々ノ心ノ中ニ　一ツハ美シイモノヲ抱イテヰテ
ミンナガ自分ノヤウニナツテ呉レタラト悲願シナガラ
大イナル祖国ノ闘ヒノ中ニ
　自ラヲ捧ゲテ征カネバナラヌ

後　記

五十年過ぎた今でも「応化寮」の仲間は集まっては懐旧談を交している。応化寮そのものは消滅して我々の心の中に残っているだけである。

吉本隆明の米沢関係文章一覧

詩「呼子と北風」……………………………………一九四三年（『吉本隆明全著作集』2）

詩「山の挿話」……………………………『團誌』4号　一九四三年（『初期ノート増補版』）

巻頭言「無方針　朝貌　郷愁」…『からす』第1号　一九四三年（『初期ノート増補版』）

「詩碑を訪れて」……………………………………一九四三年（『初期ノート増補版』）

『草莽』（自家版詩集）……………………………一九四四年（『初期ノート増補版』）

「序詞」……………一九四四年　米沢工業専門学校卒業記念アルバム『流津保』

「哀しき人々」………………………………………一九四五年（『初期ノート増補版』）

「宮沢賢治論」………………………………………一九四五年（『初期ノート増補版』）

詩「習作廿四（米沢市）」………『時禱』第2号　一九四六年（『初期ノート増補版』）

詩「習作五十（河原）」…………『時禱』第3号　一九四七年（『初期ノート増補版』）

詩「習作五十一（松川幻想）」……『時禱』第3号　一九四七年（『初期ノート増補版』）

「昭和十七年から十九年のこと」………『親和会』14号　一九五七年（『背景の記憶』）

「書評・草野心平編『宮沢賢治研究』」…『日本読書新聞』一九五八年九月二十九日号
（『吉本隆明全著作集』5）

「ある履歴」……………………『日本読書新聞』一九六〇年八月十五日号（『模写と鏡』）
「『四季』派との関係」…………『ユリイカ』一九六〇年十二月号（『吉本隆明全著作集』5）
「小伝」………………『現代日本名詩集大成10』一九六〇年（『吉本隆明全著作集』5）
「石川啄木」…………『日本読書新聞』一九六一年四月十日号（『吉本隆明全著作集』7）
「詩のなかの女」…………………『春秋』一九六二年二月号（『高村光太郎』）
「反権力の思想情況批判」……………………一九六三年（『吉本隆明全著作集』14）
「過去についての自註」……………………一九六四年（『初期ノート』）
『高村光太郎』…………………………………一九六六年
「私の文学を語る」…………『三田文学』一九六八年八月号（『吉本隆明全対談集』1）
「現実と詩の創造」…………『現代詩手帖』一九六九年三月号（『吉本隆明全対談集』1）
「天皇および天皇制について」………一九六九年（『戦後日本思想体系』5「国家の思想」）
「下町について」………『日本の底流』一九七二年（田村隆一対談集『青い廃墟にて』）
「戦争体験とアジア神聖帝国」………『映画芸術』一九七九年十二月（『夏を越した映画』）
「リンゴ泥棒の一党」…………『遊』11号　一九八一年　原題「果樹園からリンゴを盗む」
（『世界認識の臨界へ』）
「学校を〝通過〟するということ」……………………一九八三年（『教育　学校　思想』）

「賢治の言語をめぐって」…………『國文學』一九八四年一月号（『吉本隆明全対談集』9）
「『精神の体重』をもった恐竜はどこへ行く」……『Popular Science』一九八四年三月号（『さまざまな刺戟』）
「都市と詩」………………………………『東京詩集Ⅲ』一九八六年（『世界認識の臨界へ』）
「米沢の生活」………『白い国の詩』12号　一九八七年　原題「米沢時代のこと」（『見え出した社会の限界』）
「なぜ太宰は死なないのか」………『新潮』一九八八年九月号（『余裕のない日本を考える』）
『琉球弧の喚起力と南島論』…………………………………一九八九年
詩「十七歳」…『ヤングサンデー』一九九〇年八月二十四日号（『思想の基準をめぐって』）
「生き残る日本の十七歳に向けて」………『ヤングサンデー』一九九〇年八月二十四日号（『思想の基準をめぐって』）
「宮沢賢治は文学者なのか」…………………………『鳩よ！』一九九〇年十一月号
「軍国青年の五十年」…………『うえの』一九九一年十二月号（『背景の記憶』）
「賢治童話の風土」…………………一九九二年（『見え出した社会の限界』）
「背景の記憶」………………『吉本隆明初期詩集』一九九二年（『背景の記憶』）
「桜について」………………………『うえの』一九九三年四月号（『背景の記憶』）

「心に残る友」………『ノーサイド』一九九四年一月号　原題「競歩大会」（『余裕のない日本を考える』）
「都立化学工業高校の思い出」…『東京人』一九九四年三月号　原題「わたしの行った学校」（『余裕のない日本を考える』）
「泥酔の思い出」…………………『ミス家庭画報』（日付不明）（『背景の記憶』）
「科学離れということ」…………『産経新聞』一九九四年四月三日号（『情況へ』）
「遥かな米沢ロード」…………米沢工業専門学校卒業五十年記念誌『るつぼ』一九九四年
「書くことで自意識の拡がりを充たした日々」………『リテレール』一九九四年春号（『読書の方法』）
「米沢で知った東京イメージの驚き」………………一九九五年（『わが「転向」』）
「芥川龍之介、岡本かの子の隅田川」………………一九九五年（『わが「転向」』）
「物食う姿勢」…………マルイ農協広報誌『Q』33号一九九五年（『食べものの話』）
「お米挿話」……………………………『Q』34号一九九五年（『食べものの話』）
『吉本隆明氏に聞く　学校、宗教、家族の病理』………………一九九六年
「沈黙を越えて」………………………………一九九五年（『語りの海』）
『親鸞復興』…………………………………………一九九五年

「宮田勘吉　別れのことば」……………………一九九六年（『増補　追悼私記』）
「内省記　溺体事故始末」………………一九九六年（『新　死の位相学』）
「甘味ということ」……………『Q』37号一九九六年（『食べものの話』）
「お酒の話」…………………『Q』38号一九九六年（『食べものの話』）
「文庫版のための後書き」…………………………一九九六年（『宮沢賢治』）
『僕ならこう考える』………………………………………………一九九七年
「酒のうえのこと」………………『Q』48号一九九七年（『食べものの話』）
『遺書』………………………………………………………………一九九八年
「思い込み　思い入れ」…………『Q』52号一九九八年（『食べものの話』）
「平家の公達から」………………『Q』53号一九九八年（『食べものの話』）
「そば開眼」…………………………………………一九九八年（『そば打ちの本』）
「天井に貼った『雨ニモマケズ』」…『朝日新聞』一九九九年十一月七日号（『読書の方法』）
「はじめて買った詩集『道程』」…『朝日新聞』一九九九年十一月十四日号（『読書の方法』）
「太宰治のように書けたらなあ」…『朝日新聞』一九九九年十一月二十一日号（『読書の方法』）
『私の「戦争論」』…………………………………………………一九九九年

『少年』……………………………………………………………一九九九年
『悪人正機』………………………………………………………一九九九年
「贈与の新しい形」……………………『東北学』1号　一九九九年
「川端康成『雪国』」……『毎日新聞』二〇〇〇年七月二十四日号（『日本近代文学の名作』）
「梅酒考」……………………『Q』59号二〇〇〇年（『食べものの話』）
「畠荒しのエピソード」……………『Q』62号二〇〇〇年（『食べものの話』）
「『超「20世紀論上」』」…………………………………………二〇〇〇年
「絶対に違うことを言いたかった」………『新潮』二〇〇一年四月臨時増刊　小林秀雄特集
「文学者への言葉」………………『太宰治全集』刊行案内　二〇〇一年
「川上春雄さんのこと」……………『季刊　ミッドナイトプレス』二〇〇一年
「川上春雄さんを悼む」……………………『ちくま』12号　二〇〇一年
「『超「戦争論」上』」………………………………………二〇〇二年
『ひきこもれ』……………………………………………………二〇〇二年
『日々を味わう贅沢』……………………………………………二〇〇三年
『吉本隆明が語る戦後55年⑩』……………………………………二〇〇三年
「沈黙しないという原則を作ってくれた人」…………『考える人』秋号　二〇〇三年

「いまこそ求められる、少年犯罪と引きこもりの因果関係の正しい認識について」……
『ＳＩＧＨＴ』17号　二〇〇三年

あとがき

人生の苦しいとき、日にいくどとなく色どりを変える吾妻連峰の山肌をおもいうかべることは、自分の思考を正常にもどしてくれ、少数ではあるが、学友との友情と葛藤の体験は、何も信じられないと思うときにも、人間関係のウルグルントとして自分を助けてくれた――。

アドレッセンス初葉の二年半を過ごした米沢時代について、このように振り返る吉本隆明が、ふたたび米沢の地を訪れたのは、実に四十年以上も過ぎた昭和六十一年六月のことであった。

「卒業してから列車で米沢駅を通り過ぎたことは何回もあったが、下車して街に入ったことは一度もなかった。また同期同級の人たちと会える機会も、何回もあったに違いない。その上先生方にも出会えたかもしれない。でもそうする心のゆとりは一度も音連れなかったので、いつもご無沙汰になった」（吉本隆明「遥かな米沢ロード」米沢工業専門学校卒業五十年記念誌『るつぼ』平成六年）

いかにも吉本らしい。

恩師や旧友の面影を蘇らせるという「心のゆとり」がついに訪れなかったから、と吉本は言っているが、一方で、ついついノスタルジーにひたりたくなる自分を許すまい、そう決意して生き抜いてきた、吉本の苛烈な戦後を、この回想はよく物語っているのではあるまいか。

四十年ぶりの米沢の印象は、街も校舎もそれほど変わっていない風であった。校舎の裏手の林泉寺に廻ってみる。夏のころなど、授業を抜け出して、よく廊下で涼風に吹かれたことのあるお寺であった。

「うへっと驚くほど立派な上杉謙信以来の上杉家の遺品、貴重品のたぐいが飾ってあった。また武田家の遺品のたぐいもなかに混じっている。川中島の合戦しか知らないもので敵対した武将の家の遺品のたぐいがあるのが不思議な気がしたが、老和尚さんの説明では敵対したが遠い姻戚関係にあるとのことだ。学生のとき林泉寺にこれだけの貴重な遺宝のたぐいがあることなど、何も知らなかった。もし知っていたら米沢に対する歴史的関心のたぐいが広がったかも知れない。そうするとこの町への執着はもっと奥深い根っこをもったかもしれない。だが、これはこちらが年をくってきたから言えることで、若者がこの町で関心を持ったのはたらふく食べることと、お酒や甘味と、あとは漠然とした異性のイメージが主なことだった。少し自分の身辺から外側をうかがったときは戦争の成り行きが関心事だった」（同前）

寺宝について老住職の説明に耳を傾ける吉本。だが、四十余年前の吉本は、そんな上杉家の遺宝や歴史とは無縁の、幼いアドレッセンスを生きていた。彼は、ただひたむきに、他の少年たちとかわりない関心や欲望、そしてつかのまのアドレッセンスにゆるされる至福の時間を駆けぬけたのである。ただ、すぐ外には「戦争」があった。

この旅には、吉本の妻和子も同行していた。

「わたしたち夫婦はもうおよそ米沢の街の感じがわかったような気になった。そのうえ、わたしにはじぶんの学生時代の朝となく夕方となく眺めていた四周の低い山並みの色もその時の実感で蘇ってきた感じもうまれていた。二人は駅に近いすき焼き屋のテーブルをはさんでビールを飲み、すき焼をつつきながら何十年ぶりにたどりついた米沢ロードの終着点にいる気分になった。もし何の因縁もない土地として米沢駅に降りて街を歩いたとしたら、この街はどんな印象になったろうかと考えてみた。静かでいまどき日本では珍しいほど変化のないことが特徴の、感じがいいもと城下街だということになりそうだ。わたしにはもう少し過去が重い感じがのこったが、かくべつの思い込みをつくるような気分にならずに淡々として離れられた」

（同前）

米沢滞在はわずか半日ほどの行程に過ぎなかったが、このように回想できるということ自体、吉本の人生の中で、彼が、自身の苦悩や主観とは別に、自然で自由な自己形成を、この地で可能とされていたことを語っている。

いくつものエッセイで、吉本は米沢時代に触れているが、そのなかで、この「遥かな米沢ロード」は、私の最も好きな文章の一つである。このエッセイにも指し示されている、吉本のアドレッセンス初葉に当たる米沢時代について、彼の自己形成の過程を、その最も自然な部分も包摂する形で掘り起こし、あわせて、その地平から吉本の巨大な戦後の歩みも遠望してみたい。これが米沢という風土に育ち、この地で生活者として再出発することになった私が、自分に課したテーマであった。

小冊子『資料・米沢時代の吉本隆明について』の創刊（平成十一年五月）にいたるまでの事情は、この本の「はじめに」に記しておいたとおりであるが、第五号を出したところで、大学以来の友人、山下紘一郎君から、これをもとに一書にまとめてはどうか、という勧めがあり、彼が参加している「東京・柳田国男を読む会」の一員でもある梟社の林利幸氏を紹介されたのである。

長い文章を書くことに不慣れな私が行き詰まると、山下君は何度も何度も拙稿に目を通しては的確な感想を述べてくれ、ときには、不足を補う労を惜しまなかった。彼の無償の尽力なしにこの本の完成はおぼつかなかったのではないかとすら思える。また、林さんには、執筆の方向づけや論述の節目節目でのアドバイスのほか、吉本さんへのインタビューに同席して質問を補足していただいたりもした。二人のあたたかい応援に感謝したい。

また吉本隆明さんは、お忙しい仕事のなか、あるいは体調のおもわしくないときも、私の一方的なインタビューの依頼に快く応じてくださった。奥様の和子さんからも、資料の事実確認など、いろいろとご協力をいただいた。ある意味では、私自身の自己確認の一方的な意味のほうが大きかったかもしれないこの仕事に、お二人からいただいたご厚意にはお礼の言葉もない。

そして、郷右近厚さん、内海信雄さん、小板橋喜子男さん、澤口壽さん、大塚静義さん、菊地寛さんら、回想の文章を寄せていただいた学友の皆さん、吉本隆明さんの妹さんの高橋紀子さんほか、遠藤岩根さん、岡崎太郎さん、斎藤暹さん、佐藤宮人さん、渋谷栄太郎さん、宿沢あぐりさん、須田忠光さん、松岡祥男さん、山岸圓治郎さん、山沢実さん、山下康子さん、からも多大のご支援ご協力をいただいた。

いくつもの厚意に支えられて、過剰な思い入れもあるかもしれないが、私が自分に課した仕事を、ひとまず終えることができた喜びをかみしめている。

平成十六年五月

斎藤清一

著者略歴

斎藤清一（さいとう せいいち）

1943年　米沢市に生まれる
1961年　米沢興譲館高等学校卒業
1966年　東北大学文学部国史学科卒業
1966年　米沢女子高等学校に勤務
2003年　九里学園高等学校（旧米沢女子高等学校校名変更）退職

著作
『角川日本地名大辞典』6「山形県」米沢市の項目執筆
「上泉秀信の仕事」『あづまね』第12号
「椿貞雄の生涯」『あづまね』第13号ほか

現住所
〒992-0023　米沢市下花沢3-5-52

米沢時代の吉本隆明

2004年6月20日・第1刷発行

定価＝2000円＋税
編著者＝斎藤清一
発行者＝林 利幸
発行所＝梟　社
〒113-0033　東京都文京区本郷2-6-12-203
振替　00140-1-413348番　電話 03(3812)1654
発売＝株式会社 新泉社
〒113-0033　東京都文京区本郷2-5-12
振替　00170-4-160936番　電話 03(3815)1662　FAX03(3815)1422
印刷・編集工房 egg　長野印刷
製本・並木製本

神と村

仲松弥秀

四六判上製・二八三頁・写真多数
二三三〇円＋税

神々とともに悠久の時間を生きてきた沖縄＝琉球弧の死生観、祖霊＝神の信仰と他界観のありようを明らかにする。方法的には、南島の村落における家の配置から、御嶽や神泉などの拝所、種々の祭祀場所にいたる綿密なフィールドワークによって、地理構造と信仰構造が一体化した古層の村落のいとなみと精神史の変遷の跡を確定して、わが民俗社会の祖型をリアルに描き出す。伊波普猷賞受賞の不朽の名著。

うるまの島の古層

琉球弧の村と民俗

仲松弥秀

四六判上製・三〇二頁・写真多数
二六〇〇円＋税

海の彼方から来訪するニライカナイの神、その神が立ち寄る聖霊地「**立神**」。浜下りや虫流しなどの**渚**をめぐる信仰。**国見の神事**の祖型。南島の各地につたわる**オナリ神**の諸相――こうした珊瑚《うるま》の島の民俗をつぶさにたずね、神の時間から人の時間へと変貌してきた琉球弧＝沖縄の、村と人の暮しと、その精神世界の古層のたたずまいを愛惜をこめて描く。